ハヤカワ・ミステリ

ANDREW KLAVAN

聖夜の嘘

WHEN CHRISTMAS COMES

アンドリュー・クラヴァン
羽田詩津子訳

TOKYO
HAYAKAWA
BOOKS

A HAYAKAWA
POCKET MYSTERY BOOK

WHEN CHRISTMAS COMES
by
ANDREW KLAVAN
Copyright © 2021 by
ANDREW KLAVAN
Translated by
SHIZUKO HATA
First published 2024 in Japan by
HAYAKAWA PUBLISHING, INC.
This book is published in Japan by
arrangement with
PENZLER PUBLISHERS / The Mysterious Press
through JAPAN UNI AGENCY, INC., TOKYO.

装幀／水戸部 功

本書をオーウェンとゼイディー・ブレナンに捧げる。

「わたしたちにとって大切で忠実な友へ」

「過去は外国だ」

L・P・ハートレイ　『恋を覗く少年』より

聖夜の嘘

登場人物

トラヴィス・ブレイク………………元軍人
ライラ…………………………………トラヴィスの娘
メイ……………………………………トラヴィスの妹
パトリシア・スタントン……………トラヴィスの妻
ジェニファー・ディーン……………小学校の司書
ニコラ・アトウォーター……………小学校の校長
ミア・シェーファー…………………ウィンターのナニー
クララ…………………………………ミアの姉
アルバート……………………………ミアの弟
エミリア………………………………アルバートの妻
シャーロット…………………………アルバートの娘
ヴィクトリア・グロスバーガー……弁護士
ロジャー………………………………ヴィクトリアの夫
グウェン………………………………ライラの親友
ヘスター・ケリー……………………グウェンの母
スティーヴ……………………………グウェンの父
スタン（スタン＝スタン
・スタンコフスキ）……覆面捜査官
ミハイル・オブロンスキー…………元ＫＧＢ捜査官のギャング
グリゴール……………………………オブロンスキーの息子
ブランドン・ライト…………………連邦保安官
マーガレット・ホイッティカー……サイコセラピスト
キャメロン・ウィンター……………英文学の教授

プロローグ

雪に覆われた湖畔の小さな町は、たそがれ時には理想の故郷に思えた。久しく訪れていない懐かしい故郷。少し離れた丘の上からでも、大通りの並木を飾る色とりどりのクリスマス・イルミネーションが見えた。住宅地でもまばゆいクリスマスの飾りが点滅し、明るく輝いている。やがて宵闇が一段と濃くなり街灯がつくと、町の中心部は金色と銀色に輝きながら影の中から鮮やかに浮かび上がった。

「急速に変化しつつあるアメリカで、スイート・ヘヴンの町は過去の写真のようです」男性の声が画面にかぶさる。「さながら、もっと素朴だった時代のクリスマスカードといったところでしょうか」

カメラが引き、しゃべっている男が画面に登場する。見事な金髪の若い男性、首都ワシントンDCのテレビレポーターだ。黒い冬のコートを着て、首元にタータンチェックのマフラーを巻いている。寒さで頰がピンク色だ。片手に持つマイクに向かって話している背後には、目を奪われるような町の風景が広がっていた。

「アメリカ陸軍アンダーソン基地からわずか三十キロほどしか離れていないスイート・ヘヴンは、愛国主義と昔気質《かたぎ》の価値観の砦と言えるでしょう。ここには多くの現役および引退した軍人が住み、家庭を築いています。しかし、今日」と言葉を継いだ。「このすばらしい天国《スイート・ヘヴン》は、町の自慢の息子の一人が逮捕されたことで動揺しています」

レポーターがしゃべっている間に、彼と町の映像は、手錠をかけられた男が数人の警官によって警察署に連行される映像に切り替わった。大勢の見物人たちが逮捕者が通り過ぎるのを眺めていた。全員が暗い顔をしている。泣いている者までいた。

「トラヴィス・ブレイクは、一家の三代目のアーミー・レンジャー（アメリカ陸軍で隠密行動をとる特殊部隊のメンバー）で、アフガニスタンにおける英雄的行動によってシルバー・スターを授与されました。しかし、その彼がガールフレンドのジェニファー・ディーンを残虐にも殺害し、この深く広大な湖のどこかに遺体を捨てた、と自供したのです」

レポーターが被害者の名前を口にすると、彼女の写真が映し出された。テレビのニュースを見ていた男は鋭く息を吸いこみ、ソファの上で身を乗り出した。その暗い部屋では、テレビの光だけが彼の顔を照らしている。冷酷な顔だった。無慈悲な殺人者の顔。

「ミス・ディーンはスイート・ヘヴン小学校でみんなに愛されていた司書で、数カ月前からブレイクと交際していました。しかし、警察の発表によると、ブレイクが過剰に嫉妬深くなったせいで、二人の関係は悪化したということです」

今度は町の警察署長ウィル・シェリンが画面に登場した。演壇の前に立っている。長身で肩幅の広い白人で、鍛えた体をしているが、お腹回りがわずかにたるみはじめていた。彼は部屋を埋め尽くしている記者たちに語り始めた。他の警察幹部はその後ろに並んでいるが、どの男もあきらかに軍人らしい雰囲気を漂わせていた。全員が仲間の一人を逮捕しなくてはならなかったことで苦渋の表情を浮かべ、気が動転しているようだった。

「トラヴィス・ブレイクのことは町じゅうの人間が知っています」シェリン署長は言った。「誰もが彼の父親を知っていて尊敬しています。この国の多くの人々と同じように、ブレイク家は非常に辛い時期を何度か経験し、トラヴィスは大きな打撃を受けました。われわれは考えていたのです——いや、期待していたのです——ミス・ディーンとの交際がトラヴィスをどん底から救い出してくれるのではないかと。しかし、期待通りにはいきませんでした。悲劇としか言いようがありません」

レポーターが再び画面に戻ってきた。彼の周囲で闇が濃くなるにつれ、背後の小さな町はいっそう輝きを増していた。

「今、クリスマスシーズンが始まるときに、この平和な小さな町は、英雄の一人が裁判官の前に引き出されるのを目にすることになるでしょう。そこで彼は仮釈放なしの終身刑を宣告されるのです」

その言葉とともに、レポーターは消えた。町も消えた。画面全体が暗くなった。ソファで観ていた男がリモコンを持ち上げて、電源を切ったのだ。テレビが消えると、部屋はほぼ闇に包まれた。窓から入ってくるロサンゼルスの遠い光だけが、男の目を――その暴力的な目を、そして男が片手に慣れた手つきで握るベレッタ九ミリ・セミオートマチック拳銃の黒い金属をぎらつかせていた。

第一部　時間に抵抗しようとする策略

シャーロットがいなくなってから、クリスマスはあまり意味を持たなくなった。シャーロットは俺の人生にクリスマスを運んできてくれたから、たぶん去っていったときにクリスマスもいっしょに持ち去ったんだろう。それでも、クリスマスが来るたびに、彼女のことを考える。

子どものときに、俺たちは出会った。俺が七つ、彼女は九つぐらいだった。俺はあまり幸せな少年ではなかった。「陰気なやつだ」と父親に言われたことがある。だから、たぶんそうだったのだろう。真面目で無口。用心深くて悲しげ。憂鬱という言葉がふさわしいのかもしれない。

父はいわゆる金融業界で働いていた。それがどういう仕事だったのかは、とうとうはっきりわからなかった。知る必要もなかった。俺が知っていたのは、父は財産を相続し、それをさらに増やしたということだけだ。母の方はあれやこれやに手を出していた。美術工芸の方面では、ときどきビジネスにしようと目論んでいたようだ。わが家は市内のタウンハウスと海辺に邸宅を所有していた。家庭教師がつき、プライベートジェットに乗り、おもちゃ店やテーマパークを貸し切ってバースデーパーティーを開いてもらった。

哀れな金持ちの少年、それが俺だった。実を言うと、俺がいちばんよく覚えているのは孤独だ。あのバースデーパーティー——やって来た子どもたち——母親は「あなたのお友だちたち」と呼んだが——その誰一人として、俺は親しくなかった。両親は俺に割く時間がなかった。どこかの部屋で俺とばったり会うと、二人ともいつもびっくりした顔をした。まるで同じ家に俺が住んでいることを完全に忘れていたかのように。母親は俺が一人きりでいるところに出くわすと、ひどく狼狽し、決まってたずねた。「ナニーはどこなの？」甲高い、ヒステリックと言えそうな張り詰めた声で。そしてナニーがどこかから戻ってくると、母は大きな安堵の息をついた。「ああ！　戻ってきたわ！」あきらかに一人きりでどうやって俺の相手をしたらいいのかわからず、一瞬だが怯えていたんだ。

五歳ぐらいから、ナニーはミア・シェーファーという小柄で家庭的なドイツ人女性になった。ミアはわが家に雇われる数カ月前にアメリカに来たばかりだった。ソビエト連邦が崩壊し東西ドイツの壁がなくなったあと、東側から逃げてきたのだ。

彼女は小柄でやせていて物静かな銀髪の未婚女性だった。ゲルマン的な厳しさや几帳面さは備えていたが、母親らしい深い慈愛と、やさしくからかうような控えめなユーモアがそれを和らげていた。ミアが受け取って当然の愛情を俺は捧げなかったからだ。母親ではなかったからだ。なんというか、自分の愛情をしまっておいたんだ。いつか母が本当は俺の世話をしたいと思っていることに気づくかもしれない、と期待していたからだ。

しかし、俺にはミアしかいなかった。彼女は俺をとてもかわいがってくれた。俺がそのことを知っていようがいまいが、そのことに感謝していようがいまいが、ミアが真心こめて育ててくれたこと、それを愛と呼んでもいいのかもしれない。それだけが子どもの俺に与えられた心の糧《かて》だった。

ええと、クリスマスについて話していたんだった。クリスマスはわが家では実に惨めな催しだった。両親は敬虔な信者とはほど遠かったので、そもそも何の意味もなかった。つまり、内容が空っぽだったという意味だ。もっぱら凝ったデコレーション、それもなぜか白ばかりのデコレーションだけ。さらに毎晩気取ったパーティーが開かれたが、俺が参加することはなかった。もちろん大量のプレゼントが用意されたが、俺にはプレゼントなんて必要じゃなかった。すでにあらゆるものを持っていたからだ。実際、いちばん最初のクリスマスの思い出は、自分の部屋のテレビでクリスマス特別番組を観ながら、あそこに、あのテレビの中にいられればよかったのに、と願っていたことだ。あのどことなくヴィクトリア朝風のセットで、偽の雪が降る下、キャロルを歌っていたかったと。色とりどりのセーターに毛糸の帽子をかぶった合唱隊の家族になりたい、と思った。

そして、あるクリスマス、両親はイギリスの友人からクリスマスに招待された。とても高貴な人々だったんだと思う。称号を持つ貴族とかだ。一人は王室メンバーの親友でもあった。たしかに俺の母親はとても魅力的で優雅な女性だったが、ひと皮めくれば、ただの中西部出身の中流階級の娘だ。しかも、常に上流階級に幻惑され、上流の人々とつきあって社交界の梯子を登ろうとあがいていた。だから、これは母にとって、天国への招待にも匹敵した。となると、足手まといになる俺がいっしょについてくることは、なんとしてでも避けたいと思ったのだ。

そこで、俺はミアの家族といっしょにクリスマスを過ごすことになった。「楽しそうじゃない？」と母は言ったものだ。

で、どうなったと思う？　実に楽しかったのだ。それまでの人生では味わったことがないほど楽しかった。

ミアは町から車で三十分ほどの郊外の小さな町に住んでいた。そのあたりの家々はこぢんまりしていたが、どこもかしこも手入れが行き届き、芝生はきれいに刈られ、窓はピカピカに磨かれていた。そこは中流階級にどうにか手が届いた人々の住宅地だったので、住人たちは何があろうともそれを手放すまいと努力していたのだ。

ミアの家は、そっくりな家がぎっしり建ち並ぶ一角にあった。灰色の屋根の小さな二階建てで、ちっぽけな芝生があった。ミアはそこに家族で住んでいた。全員が古い共産主義社会からの避難民だった。姉のクララは地元の病院で看護助手として働いていた。気難しくて心配性だったが、やさしい心根の持ち主だった。弟のアルバートは屈強な体つきの地に足のついた信頼できる人間で、町のオフィスビルで警備員をしていた。アルバートは妻に先立たれていた。俺にわかる限りでは、奥さんは家族全員でアメリカに渡る前に亡くなったようだった。だが、彼には娘がいて、彼女もそこで暮らしていた。それがシャーロットだ。

シャーロットはそれまでも、その後も、見たことがないほど美しい娘だったと言っても過言ではない。ブロンドでほっそりとした非の打ち所のない外見で、ひきこまれそうな青い瞳をしていた。ミアとクララがコレクションして家じゅうに飾っている陶器の人形のようだった。そういう人形は見たことがあると思う。革の半ズボンやふわっとしたギャザースカートを着た、バイエルン地方の天使のような子どもの人形だ。シャーロットはその人形に似ていた。

しかし、シャーロットを一目見たとたんに恋に落ちたのは、それが理由ではないと思う。少なくとも、それだけが理由ではなかった。

それは彼女がミアにそっくりだったせいだ――まさに生き写しだったのだ。ただし、彼女はミアのように母親の代わりではなかったので、俺は愛情を抑える必要がなかった。それをのぞけば、彼女はミアのミニチュアだった。真面目で几帳面な小さな主婦、いつも何かしらで忙しくしていて、すべてを完璧にこなすが、ミアと同じように目には母親らしい温かいやさしさが、口元にもからかうような微笑が浮かんでいた。初めて会ったときから、俺は彼女を慕うようになった。

到着してすぐに、俺はアルバートといっしょに作業をさせられた。彼とツリーを持ち帰ってきて、ドラッグストアで買った電飾をぶらさげ、安っぽい飾りをつけた。リビングのカードテーブルには列車セットを組み立てた。線路の脇には発泡スチロールの雪をかぶったプラスチック製のドイツの村が並べられ、そこを縫うように機関車がぐるぐる回っていた。二人で薪を拾い集めてくると、アルバートが暖炉で火をおこすやり方を教えてくれた。

その間じゅう、ミアとクララとシャーロットはキッチンでクリスマスのクッキーを焼き、ラムとじゃがいもをローストしていた。きれいなエプロンをつけたシャーロットは愛らしく、家にはうっとりするような料理のいい匂いが漂っていた。音楽もすばらしかった。俺はその音楽が大好きになった。ポータブルCDプレイヤーにつなげた安物のスピーカーからは、流行歌手がささやくように歌う陳腐で感傷的なキャロルがずっと流れていた。どの歌もとびきり美しく感じられた。

だが何よりも心を奪われたのは、はっきりと感じとれる家庭の温もりだった。両親といっしょだと、何もかもがあわただしくて堅苦しかった。家族の間でも、義務として常に洗練された礼儀正しさや遠慮が存在した。互いに愛想よくしゃべりあい、うっすらとよそよそしい笑みを浮かべてうなずきあうのが常だった。しかし、ここ、ミアの家では、からかいや小突きあいや口げんかや馬鹿騒ぎの連続だった。女性たちは俺たち男どもをあるときは奴隷として、あるときは王族として扱った。次から次に用を言いつけられ、忘れた物を買いに店に行かされることもある一方で、これ以上ないほどちやほやされ、ひっきりなしにおやつや飲み物を運んできてくれることもあった。俺たちは彼女たちが料理を並べているかたわらで、王さまのようにすわっていた。そして食事が終わると、そのままくつろいでいて、と女性たちは命令し、テーブルを片付け、皿を洗うのだった。

アルバートは女性たちの命令と奉仕のどちらも、鷹揚《おうよう》にユーモアたっぷりに受け止めていた。その目の輝きからすると、彼は自分を世界でいちばん幸運な男だと考えているにちがいなかった。彼は愛されていた、それはまちがいない。とりわけシャーロットは父親を崇拝していた。何を作っても父親に見せたがった。「父さん、見て、あたしが作ったのよ!」そして、彼の前に皿やグラスを並べる段になると、毎回、自分にやらせてほしいと伯母たちに頼んだ。

毎晩夕食後に、アルバートはリビングの暖炉の前でビロード張りの肘掛け椅子にすわった。パイプに火をつけ、新聞を読み、ときにはビールを飲んだ。やがて寝る時間になると——シャーロットと俺の寝る時間だ——俺たちは彼の足下であぐらをかき、彼は新聞を脇に置き、ずっとかかっていた音楽のボリュームを下げ、お話をしてくれた。おもしろい話だったことは覚えているが、シャーロットの美しさにすっかり気をとられていたので、そのぐらいしか記憶にない。彼女は信仰心に近い表情を浮かべて、その完璧な顔で父親を見上げていた。暖炉のゆらめく火を受けて頬がピンクに染まり、青い瞳がまばゆくきらめいている。俺はそんなシャーロットを盗み見しないではいられなかった。

ただ、アルバートが話してくれたある物語だけは、よく覚えている。それどころか、ひとこと、ひとことにいたるまでほぼ記憶している。たしか、クリスマスイヴに話してくれたのだと思う。そう、まちがいなくクリスマスイヴだった。というのも、ディナーの前に教会に行ったからだ。教会に行ったのは初めてだった。畏敬の念がわきあがり厳粛さに包まれた。今でも覚えている、シャーロットと俺がアルバートの椅子を取り囲むと、彼は床にすわる俺たちの方に身をかがめ、煙が俺たちの顔にかからないようにパイプを耳の方まで持ち上げたのだった。その目は笑っていたが、真面目くさった顔つきになって、強いドイツ訛りでこう言った。「さあて、クリスマスイヴのお気に入り《リーベリンゲ》、幽霊話をしないわけにはいかないだろ。どうだい？　怖いからやめておくか？」

俺たちは身震いしたが、しかつめらしく首を振った。そのとき感じた高揚感は舌で味わえるほどだ。美味だった。

これが起こったのは、俺がまだとても若く、ブランデンブルク州のハーフェル川沿いの市で人民警察《ヴォポス》の仕事をしていたときのことだ、とアルバートは語り始めた。

それはクリスマスイヴだった。今夜と同じで暗くて寒く、ちょうど今みたいに雪が降り始めていた。川から濃い霧が立ち上ってきて、市中の石畳の細い道に広がっていった。通りは白く湿っぽく、真夜中近かったので人気《ひとけ》がなかった。人々はベッドにもぐりこみ、クリスマスの朝を待っていたのだ。

アルバートだけが霧の中を歩いていた。街灯はついていなかったので、懐中電灯の黄色の弱々しい光で足下を照らした。がらんとした石畳に足音がこだまする。雪のせいで寒くて濡れていたので、早く見回りを終え、家に帰ってスープを飲んで暖かいベッドにもぐりこみたいと考えていた。

しかし、アーチになったひときわ暗い場所を通りかかったとき、首筋にひんやりしたものを感じた。ふいに誰かが背後にいる気がした。

アルバートは振り返って確かめようとした。懐中電灯を上向きにしたが、弱い光では闇に歯が立たず、何も見えなかった。

またしばらく歩き続けると、丘に通じる曲がりくねった狭い道に出た。だが、いまや誰かがついてきている、と確信した。

足音が聞こえた！

背後を誰かが歩いてくる足音がした。少し後ろから聞こえる足音は、彼が進むと進み、立ち止まると止まった。

振り返り、また懐中電灯を向けた。「そこにいるのは誰だ？」霧と舞い落ちる雪に向かって叫んだ。

最初のうち、返事はなかった。しかし、そのとき、とてもかすかに何かが聞こえた。最初は小さく、やがてもっと大きく、すぐ近くから。

誰かがすすり泣いていた。女性だ。

「俺はまた呼びかけた」足下にいる俺たちの方にかがみこみながら、アルバートは話し続けた。「すると、また聞こえたんだ、足音がね。で、俺がそこで見ていると、白い霧と雪の中から、クリスマスイヴの真っ暗な闇に何かが現れた」

彼は影を見た。すすり泣きの声が大きくなるのを聞いた。

「もしもし。どうかしましたか？」彼は呼びかけた。

すすり泣きはいっそう大きくなった。影は輪郭になり、輪郭はひとつの姿になった。若い女性の姿だった。

アルバートが目をみはって立ち尽くしていると、女性はついに霧から出て光の方に進んできたので、はっきりと姿を見ることができた。

アルバートはもう一度声をかけようとしたが、女の姿を目にしたとたん、口をポカンと開けたまま言葉を失った。

目の前にいるのは少女で、まだ十六ぐらいだった。とてもきれいだったが、長い茶色の髪は濡れそぼち涙で汚れた顔の周囲に垂れ、染みのついた白いシフトドレスを着ていた。それで彼は驚愕したのだ。雪も寒さもまったくしのげないドレスしか着ていなかったから。

「なんてこった《マイン・ゴット》！　凍えているんじゃないのか、娘さん《フロイライン》」アルバートは言った。「こんなに遅くまで、何をしているのかい？　どこに住んでいるんだ？」

少女は最後の質問にだけ答えた。「丘の上の森の奥です」しゃくりあげ、頬の涙をぬぐった。

「その公園を抜けたところ？」アルバートはたずねて、近くの小さな森の方を指さした。

少女はうなずいた。

「そうか、じゃ、おいで」アルバートは言った。「家まで送っていってあげよう」

少女がまたうなずいたので、二人は並んで公園に向かって丘を登りはじめた。

「名前は？」彼はたずねた。

「アデリーナ。アデリーナ・ヴェーバー」

「寒くないのかい、アデリーナ？」

「すごく寒い」

彼は自分のコートを脱ぎ、少女の肩にかけてやった。彼女は震えながらコートをぎゅっと首元に引き寄せた。

「すごく寒い」もう一度言った。

二人は無言で歩き始めた。アルバートは彼女が話をしたがっていないことを察したが、それでも、こんな薄着でどうしてここに来たのか、警官として知っておくべきだと思った。

二人は公園に着いた。木々の間に延びる小道に入っていった。葉を落とした裸の並木が続き、周囲は銀世界だった。

沈黙を破らなくては、と彼は思った。「こんな夜に、どうして一人でいるの、娘さん？」しばらくして質問した。「そんな格好で、何も着てないも同然じゃないか」

少女はもう泣き止んでいた。彼女はコートの襟をつかんで、周囲に渦巻く霧をただぼんやりと見つめた。

「恋人に会いに出かけたの」彼女は言った。

「そうか」

「ヨハン」

「ヨハンか。で、今、そのヨハンはどこにいるんだ？」

「逃げていった」

「きみから逃げたってこと？」アルバートは驚いて彼女を見た。

少女は首を振った。「父さんから逃げたの」

「ああ、お父さんに見つかったんだね」

アデリーナはうなずいたが、それっきり口を閉ざしてしまった。しばらく質問しないでおく方がいいだろう、とアルバートは判断した。

二人は無言で歩き続けた。木々の下の小道はさらに急な上り坂になっていた。まもなく森を抜けると、家々が建ち並ぶ坂道を登りはじめた。霧を透かして、丘の頂上にゴシック様式の教会がはっきりと見えた。登るにつれ、赤レンガ造りの奇妙な形の塔が大きくなってきた。ほぼ四角い塔だったが、頂上部分は円形になっていて、その上に錆で緑色になった真鍮の円錐形の尖塔がのっている。夜の白さの中で、塔は黒々と不気味にそびえていた。

とうとう、アルバートはさっきの質問を繰り返した。「じゃあ、お父さんはきみを——きみがヨハンといるところを見つけたんだね？」

少女は憂いに沈んだ声で答えた。「二人のことをばらしたのは、ヨハンだったの。父さんに聞こえるところで何か言ったのよ。あたしには聞きとれなかったけど。あたしがこっそり家を出ていくと、父さんがつけてきて、二人いっしょにいるところが見つかっちゃったの」

アルバートは話の続きを待ったが、彼女はそれきり黙りこんだ。彼は先を促した。「それで、お父さんはきみに腹を立てたのかい？　二度と家に帰ってくるな、って命令したのか？」今夜の勤務が終わる前に家庭内の争いを仲裁しなくてはならないかもしれない、と考え始めていた。

だが、少女は低くつぶやいただけだった。「ここよ」

彼女は立ち止まった——アルバートも足を止めた。丘の頂上に出ていた。しかし、近くに家はなかった。二人は教会墓地を囲む低い塀の前にいた。雪が降る中、ゴシック様式の塔がこちらを見下ろしている。

困惑してアルバートはあたりを見回し、墓地の傾いた古い墓石に目を向けた。

かたわらで、少女は静かに言った。「追い出されはしなかった。家から出てけとは言われなかった。でも、父さんはナイフを持ってたの。それであたしを刺した。心臓をひと突きしたの」

アルバートは彼女の方を振り返った――降りしきる雪の中で茫然となった。

少女は消えていたのだ。コートだけが足下の墓石にのっている。くしゃっとなっていたが、半ば立っていて、少女がコートの中で溶けてしまったかのようだった。

彼女の名前を呼んだ。「アデリーナ！」しかし返事はなかった。ただ風の音がするだけだ。アルバートは震え始めた。コートを着ていなかったので凍えそうだった。これでは風邪をひいて病気になりかねない。なおも彼女の名前を呼びながら、コートを拾い上げて袖を通した。さらに十五分ほど名前を呼び続けたが、答えは返ってこなかった。姿もなかった。ただ消えてしまったのだ。

アルバートはついにあきらめて家に帰った。

翌朝、その教会墓地へ戻ったときに、彼女を見つけた。墓地に足を踏み入れ、古い中世の墓の間に立ったときのことだ。そのとき初めて彼女の名前が刻まれた朽ちかけた墓石が目に入った。アデリーナ・ヴェーバー。

父が娘を殺して埋めた墓の上に石は置かれていた——二百年以上も前の没年だった。

一　章

　そこまで話すと、キャメロン・ウィンターは顔をそむけ、黙りこんだ。マーガレット・ホイッティカーはただじっとすわって、二人の間の狭い空間越しに、しばらく彼を見つめていた。

　マーガレットは六十七歳。四十年近くサイコセラピストをしてきた。これまで多くのものを見て、さらに多くのことを聞いてきたので、相手の性格を判断するのは得意だと自負している。しかし、この男――この男は謎だ。

　ハンサムだ、とマーガレットは思った。いやはや、とびぬけたイケメンだ――少なくとも、彼女の好みのタイプの外見をしていた。ハムレットが言うように、マーガレットの年になると性欲はおとなしくなる。それでも、ウィンターという男性には性的な魅力を感じた。彼は三十代半ばだった。身長は平均的だが、筋肉質で鍛えられた体をしていて、肩幅は広く腰は細かった。顔はこの世のものとは思えないほど美しいが、力強く男性的だ。ルネッサンス絵画の天使の顔だ、とマーガレットは思った。それにふさわしいウェーブのかかった金色の髪は襟足が長目だった。メタルフレームの眼鏡に肘当てのついたツイードのジャケット――大学教授のユニホームだが、実際、大学教授だと話していた。だが、彼にはどこか学者らしくないところがあった。悲しげで用心深い目に浮かぶもの、両手が力強くて機敏なところ。何かがちがう……マーガレットは思った。

「どうしてわたしにその話をしたんですか?」彼女はウィンターにたずねた。心から知りたかった。

ウィンターは考えこむように診察室の窓から外を眺めている――色とりどりのクリスマス・イルミネーションが点滅する商店や食堂が建ち並ぶ短い通りを。ブロックの突き当たりには連邦議会議事堂の白いドームが見え、十二月の細雪が川面に舞い落ちている。ウィンターは彼女に整った横顔を見せたまま、つぶやいた。「その晩、眠れなかったんです。つまり、アルバートがその話をした後で。クリスマスの朝のことですっかり興奮していたうえ、今度は雪に覆われた人気《ひとけ》のない町で殺された少女の幽霊のことを考えて、怖くなった。眠れぬまま何度も寝返りを打ちながら、ぞっとする幽霊が潜んでいないか影に目を凝らしていた。ナニーのミアを呼びたかった。そばに来て、慰めてほしかった。だが、シャーロットに聞かれることを恐れた。シャーロットに怖がりの坊やだと思われることに耐えられなかったんです」

ウィンターはマーガレットの方に目を向けた――すると、またもやマーガレットは彼の男性としての魅力にときめき、熱いわななきが全身を駆け抜けていくのを感じた。あらまあ! 彼女は胸のうちでひとりごちた。

「だけど、彼女には聞こえていたんです」ウィンターは話を続けた。「シャーロットは俺がベッドで寝返りを打っているのを聞きつけたにちがいない。しばらくすると、寝室のドアがゆっくりと開いた。俺は廊下から射しこむ光を見つめ、今にもアデリーナ・ヴェーバーの幽霊が入ってくるのを覚悟した。だが、入ってきたのは小さなシャーロットだった。生真面目で母性愛にあふれた九つのシャーロット。彼女はひとことも話しかけてこなかった。ひとことも。ただベッドの端にすわった。そして俺の手を軽くたたきながら、よしよし、とつぶやいていた。俺が眠りこむまで」

その後に続く沈黙の間、マーガレットは彼の悲哀に満ちていながらユーモアをたたえたセクシーなまなざしから目をそらすまいとした。

「人は悩みがあるときに、わたしのところに来るんです、キャメロン」彼女は言った。

「当然です。それは知っています」

「そうなのね。でも、あなたはわたしの診察室に入ってきてすわると、この話をしゃべりだした。いまだにどうしてあなたがここに来たのか見当もつかないんですけど」

彼は少し顎を上げて、考えこんだ。「俺がここにいるのは……」と言いかけて、ふさわしい言葉を探そうとするかのように口をつぐんだ。「俺は悲しいから、ここにいるんです」ようやく言った。

「鬱状態ということかしら」

「というか——もの悲しいんです。四六時中。毎日それがどんどんひどくなる」

「なるほど」マーガレットは言った。「それなら理解できます」

「そうなんですか？」彼は驚いたように訊き返した。

「ええ。それから、そのもの悲しさはナニーの家で過ごしたクリスマスと関係があるかもしれない、とあなたは考えているんでしょ？」

彼は肩をすくめた。「ふと思い浮かんだので。窓の外の雪とクリスマスのイルミネーションを眺めていたら、急に思い出したんです。何でも頭に浮かんだことを話すべきかと思ったものだから」

「いいえ、わたしはそういうサイコセラピストじゃないわ」

「あ、すみません」

「でも、もっと話して。あなたのもの悲しさについて。仕事はどうなんですか？　仕事に興味を失っているの？」マーガレットはたずねた。「大学の講師だと言ってましたね？」

「教授です。英文学の。イギリスのロマン派の詩人。絶滅しかけている分野です——ええ、たしかにそれも、もの悲しさの理由です。死に絶えかけているという事実が」

「セックスはどう？」

「お申し出はありがたい。しかし、この状況だと倫理に反すると思います」

マーガレットは苦笑を浮かべた。その質問をジョークか、それに類するものにしてしまう男性クライアントに対しては、いつもその笑みを返すことにしていた。「セックスに興味を失ったんですか？」マーガレットは言い直した。

彼は嘆息した。「いいえ。セックスはすばらしい。俺が興味をなくしたのは恋愛関係なんです。肉体は肉体がやるべきことをする。しかし、魂はそこから逃げ出してしまった。そういう意味です。どうして俺の手ばかり見つめているんです？」

突然の質問にマーガレットはぎくりとした。彼女は緻密で熟練した観察者だったが、クライアントの大半は自分自身の悩みと窮状で頭がいっぱいで、自分を観察している彼女を観察するどころではなかった。

ひと呼吸置いてから、マーガレットは答えることにした。まず彼の手についての観察をまとめてみた。関節のたこ、第二指と第三指のわずかな盛り上がり——そういう指はこれまでに見たことがある。板を殴りつけることで、アスファルトの上で拳で腕立て伏せをすることでそうなる。この男はなんらかの武道の達人なのだ。スポーツマンではない。本物の闘士だ。ようやく、彼に抱いた印象が明瞭な形になった。マーガレットは診察室で危険な男と向き合っているのだ。人を傷つけることができる男と。だが彼が自分を傷つけるとは思わなかった。彼は犯罪者ではない。そうではない。しかし、軍人らしい物腰も身につけてはいなかった。では、何だろう、何者なのだろう？

沈黙はあまりにも長すぎた。ようやく答えを声に出した。「それは教授の手じゃない、そうでしょ？」

ウィンターは彼女を値踏みしているようだった。うーむ、とうなった。「ニュースで俺について聞いたことがあるんですか?」

「ニュースはあまりチェックしていないの。動揺することばかりだから」

「俺について調べなかったんですか?　湖水地方の誘拐事件について聞いたことはありませんか?　あるいは、最近の暴動のさなかにいなくなった子どもたちについては?」

マーガレットは首を振った。

彼女の診察室はさまざまな色合いの茶色で統一されていた。絨毯、家具、壁紙。あちこちにのどかな田園風景の写真がかかっている。水辺の日没、野原に咲く花々。すべてが平穏をかもしだす意図からだ。しかし今、ツイードのジャケットを着たハンサムなキャメロン・ウィンターは椅子の中で姿勢を変えた。たんに片方から片方に体の位置を変えただけだが、注意深く整えられた平穏は、それだけで砕け散った。その抑制されたリズミカルな動作と、それが暗示するとぐろを巻いた暴力によって。

「俺には」と穏やかに口を開いた。「一風変わった思考の習慣があるんです」

「というと?」

「いろいろなことを耳にする。人が話すあれこれだったり、ニュースの報道だったり。あるいはネットで何かを読む。すると、ときどき、そこに自分が入り込むのを感じるんです。そこに自分が関わっていると想像してしまう、まるでその場にいるみたいに。そのせいで、他の人々がお手上げになったときに、俺はできごとの原因を解明するために乗りだすんです」

「つまり、あなたの言うのは……」

「犯罪です、もっぱら。邪悪な行為。その悪事について正しく認識できれば、それに責任がある連中を見つけるのに役立つ」

これだけ何十年にもわたって、ありとあらゆるクライアントの相手をし、恐怖や虐待の話をさんざん聞いてきたにもかかわらず、マーガレットは質問する前に咳払いせずにはいられなかった。「で、その邪悪な人々を見つけたら、あなたはどうするんですか?」

キャメロン・ウィンターは微笑んだ。

二　章

マーガレット・ホイッティカーの診察室を出てから、ウィンターは連邦議会議事堂の方へ歩いていった。茶色のムートンのコートのポケットに両手を深く突っ込み、アイビーリーグのキャップを目深にかぶり、雪が降る中を果敢に進んでいく。たしかに鬱屈した人間に見えた。だが実のところ、数カ月ぶりに自分の中で小さな灯りがちらついているのを感じていた。いわば内なる闇に灯るキャンドルだ。心から誰かを好きになったり尊敬したりしたのは久しぶりだ。しかも、相手がサイコセラピストとは。かすかな希望を感じた。彼女が悲しみという重荷から自分を解放してくれれば理想的だろう。

キャップのツバの下から、店先の赤と緑と白と黄色の電球や、天使やサンタクロースや雪の結晶が白く型抜きされた飾りやリースやプラスチック製モミの木を眺めた。またもや、シャーロットのことが頭をよぎる。ありがたいことにそれは最後に会ったときの彼女ではなく、たった今、診察室で語った彼女の姿だった。ベッドにすわり、彼の小さな手を彼女の小さな手でそっとたたいて寝かしつけてくれた、母親みたいな女の子の姿。

濡れた犬がぶるっと体を震わせるみたいに、その記憶を振り払った。現実に戻るんだ。ジェニファー・ディーンの殺人事件に戻れ。

〈ノマド・タヴァーン〉のドアを押し開け、店内の暖かさにほっとしながら足を進めた。バーカウンターもテーブルも、そこらじゅうにダークウッドが使われている。型押ししたブリキ板の天井には州の旗が広げられていた。凝っているが、どこか家庭的なモザイク張りの床。大勢の政府の事務員が昼食を終えかけているところだった。椅子の背にはコートがかけられ、壁の高いところに設置されたテレビには、消音でスポーツ関連のインタビューが映しだされている。

ヴィクトリア・ノーワークは隅に一人ですわっていた——昔のように、そこで彼を待っていた。当時、学生と教師の恋愛によって、二人は神と人間の掟を破ってしまった。ウィンターは彼女に近づいていきながら、頭の中で訂正した。もう結婚している。今はヴィクトリア・グロスバーガーだ。

ヴィクトリアは微笑み、ウィンターがキャップを脱ぎ、かがんで頬にキスする間、あからさまにじろじろ観察していた。ウィンターはヴィクトリアの向かいの椅子にすわった。

「お久しぶり。相変わらず胸がキュンとなるほどハンサムね」

「知性ゆえに俺を愛してくれたんだと思ってたよ、ヴィク」

「やだ、知性を愛したことなんてない。あなたの知性は恐ろしいもの」

「それでも、こうして会っている」

最後に会ってから何年もたつのに、ヴィクトリアはあまり変わっていなかった。むろん、若さならではの目がくらむほどの輝きは失っていたが、いまだに快活で明るく魅惑的な外見を保っていた。黒い巻き毛の前髪の下で輝く瞳。愛らしく楽しげな顔を完璧にしているそばかす。人生でいいことが起きると信じているハイスクールの生徒のような表情。さらに、うっとりするほど豊満なスタイルは、いまだに彼の中の炎をかきたてそうだった。自らそのチャンスさえ与えれば。

だが、与えなかった。彼はウェイトレスに手を挙げた。コーヒーを注文する。ヴィクはすでに飲んでいた。

「じゃあ、今はスイート・ヘヴンに住んでいるんだ、湖畔かな?」彼は言った。

ヴィクトリアはうなずいた。「ロジャーが——夫よ——アンダーソン基地の教官の仕事をもうすぐ終えるところなの。あっちに一年ぐらいいることがわかったので、近くで仕事を見つけようとしたら、国選弁護人の事務所に空きがあって。弁護士なの、二人のうちの一人」

「仕事はどう?」

彼女は首を傾《かし》げて考えこんだ。「順調よ。いえ、上々ね。たぶん」

「確信がないのか」

「スイート・ヘヴンは奇妙な場所なの。特別な場所と言ってもいいかも。風景はこれ以上ないほどすばらしい。湖。丘陵。いかにもアメリカらしい古い建築物。土地全体に昔ながらの雰囲気が漂っている——

——いい意味でね。健全さ。古風な趣。すぐれた価値観。定住して、子どもを育てたいと思うような町よ」

「だけど？」

「うーん、それを否定するわけじゃないけど……基地——アンダーソン基地が三十キロくらい先にある。レンジャー部隊が配置されている国内で四つの基地のうちのひとつなの。陸軍の特殊任務部隊よ。長年にわたって兵士たちはそこで勤務し、たぶん地元の女の子と出会って結婚して、除隊するとスイート・ヘヴンに引っ越してきた。そして子どもを育て、子どもたちは陸軍に入り、レンジャーになる。そして、女の子と出会って……という繰り返し。その結果は……まあ、風変わりってところかな」

「田舎くさくて変わっている？」ウィンターはたずねた。

ウェイトレスが彼のコーヒーを運んできて、ヴィクにはお代わりを注いだ。二人ともコーヒーを口に運んだときに、カップの縁越しに目が合った。一瞬、二人の間のすべての思い出が——お互いに言葉にするつもりがなかったすべてのことが無言のうちに語られた。

それから、ヴィクトリアはカチャカチャと音を立ててカップをソーサーに戻した。ウィンターから視線をそらすと、先を続けた。

「レンジャーはエリート部隊なの。エリート中のエリートよ。高学歴なうえ、徹底的に肉体を鍛えられる。大半が白人だけど、隊員は兄弟みたいなものだから、入隊したら誰だろうと兄弟の一人になる。スイート・ヘヴンの男たちの多くは何年も入隊していたから、ようするに町全体が彼らにならって作られているの。男たちはみんな似たような外見で、似たようなヘアスタイルで、歩き方、しゃべり方、考え方までそっくりなのよ。警官、弁護士、ビジネスマン――ほぼすべての男が元レンジャー。それが女性にも影響を与えている、独特の影響をね。どの女性も陽気で生真面目で、家事を一手に引き受け、いかにも軍人の妻って感じの女性たちなの。悪くないけど、ちょっぴり気味が悪い。クローンだらけの町みたいで」

ウィンターはまたコーヒーカップを持ち上げながら微笑んだ。

「実を言うと、その男たちはなんとなくあなたを連想させるの」ヴィクトリアは言った。「だけど、あなたは軍隊に入ったことはないでしょ？」

「トラヴィス・ブレイクについて話してくれ」質問には答えず、ウィンターは続けた。「きみは彼の弁護をする予定なのか？」

「いいえ。弁護はしない。すでに罪を認めているから。クリスマス休暇前の最後の月曜に判決が出ることになっているの」

「殺された女性だが、ジェニファー・ディーンだっけ、トラヴィスのガールフレンドだったんだろ？」

「そうよ。学校の司書。みんなに好かれていた。トラヴィスは彼女を愛していた、って誰もが言っている」

「だが、彼は罪を認めた、自供した。自分がやったと言っているんだね」

「ええ、たしかにやったのよ。ジェニファーが彼の家に車で行くのが目撃されている。家には二人しかいなかった。トラヴィスの娘のライラは友だちのところに泊まりに行っていたから。翌朝ジェニファーが出勤してこなかったので、警察がトラヴィスの家に行った。鑑識は現場の絨毯の上にジェニファーの血痕を見つけた。トラヴィスのコンバットナイフからも、彼女の血痕が検出された。マリーナの防犯カメラには、トラヴィスが巻いたラグを自分の船に積んでいるところが映っていた。ラグはそれほど大きくなかった。解像度を上げて映像を拡大したら、巻かれた中にジェニファーの遺体が見えたの」

「彼女だと識別できたのか？」

「はっきりとね。その晩遅く、トラヴィスが彼女の車を運転して川に向かうのが目撃された。それも防犯カメラに映っていた。それに三人の目撃者がいた。警官は川をさらって、車を発見した。二週間後、彼は逮捕された」

コーヒーを口に含んだまま、ウィンターは驚いて眉をつりあげた。「二週間？　どうしてそんなに時間がかかったんだ？」

ヴィクトリアの顔は悲しげな笑みを浮かべるのには不向きだった。そのせいで、いっそうその笑みは悲痛に見えた。「彼はスイート・ヘヴンの王族だったからよ。祖父は第二次世界大戦中に最初のレンジャー部隊に入り、イタリアで戦った。父親はヴェトナムでレンジャーだった。その父親がスイート・ヘヴンに引っ越してきたの。不動産でひと財産築いて、町はずれで馬農場を始めた。トラヴィスは丘の上の典型的な大邸宅で育った。柱のあるポーチ、広大な芝生、すべてが揃っていた。彼は楽な人生を歩めたの。ヤワな男になったかもしれない。甘やかされ、富のせいで堕落した相続人になったかもしれない。だけど、ちがった。ダートマス大学を卒業すると、軍に入り、当然だけどレンジャーになった。しかも、アフガニスタンで折り紙つきの英雄になったのよ、キャム。集中砲火を浴びながら、一人きりで着陸地点を守ったのでシルバー・スターを授与された。四十五分間、敵を寄せつけなかったおかげで味方のヘリが着陸できて、負傷した仲間たちを救出できた——二十五人よ。彼は二十五人の命を救ったの」

「じゃあ、彼が犯人だとは誰も信じようとしなかったんだ」ウィンターは言った。

彼女はため息をついた。「警察上層部は全員が元レンジャーなの。検察官も。ふつうの警官も全員が元軍人で、留置場の看守ですらそうなのよ。トラヴィスをぶちこむより、自分の母親に手錠をかけたいと思ったでしょうね。刑事が彼を逮捕するために大邸宅にやって来たとき、ご迷惑をおかけしてすみません、と謝らんばかりだったんですって。トラヴィスは何て言ったと思う？　『いいんだよ、みんな。俺がやったんだ』」

「動機を話したのか？」

「彼の話からじゃ、たいしてわからない。というのも、わたしは彼の代理人なのにろくに口をきいてくれないのよ。だけど、これまで調べたことから判断すると、彼はジェニファーの人生に別の男がいるという考えに取り憑かれてたみたい。ジェニファーは何か隠していた、ということについては全員の意見が一致している。自分の過去について、まったく話そうとしなかったから。そのせいで頭がおかしくなった、とトラヴィスは言っている。彼女を質問攻めにした。でも、彼女は一切、答えてくれなかったので、口論になった。それが暴力沙汰になった。そして彼女を刺した」

「悲しい話だ」

「おかげで町じゅうが傷ついた。彼のせいだけじゃなくて、彼女のせいでも。ジェニファーは新参者だったけど、すでに町で愛される存在になっていたの。全員が打ちのめされた」

ウィンターはコーヒーを飲み終わった。ウェイトレスがお代わりを持ってこようとしたので、もうけっこうと片手を振った。椅子の背にもたれると、おなかの上で両手を組む。視線はヴィクトリアに注がれていた。彼女は少し頬を染めたが、その視線をとがめようとはしなかった。

「きみに会えてよかったよ、ヴィク」

彼女はうなずいた。「正直に言っていい？　これほど会えてよかったと思うとは予想していなかった」

「でも、万事順調なんだろう？　結婚も。ラルフのことも」

「ロジャーよ」

「ロジャーだ。そう言いたかったんだ」

彼女はにっこりした。その笑みにウィンターは心を揺すぶられた。その懐かしい微笑、その表情。彼女と同じくウィンターも、これほどの強烈な魅力をまだ感じていることに驚いていた。もしかしたら自分で思っているのとはちがい、心は死んでいないのかもしれない。

「結婚は問題ないの」彼女はようやく言った。「戦地に配属されたのは辛かった。彼は戦闘をさんざん見てきた。だけど、彼は戻ってきて、じきにまたどこかに配属される……今のわたしたちにはそれが合っている。とても順調よ」

「ならよかった」ウィンターは彼女から視線をはずさずに言った。「それで？　どうして俺に電話してきたんだ？」

「あなたが誘拐事件を解決したって読んだから。それに、あの行方不明の子どもたちの件も。どこからともなく現れて、悪人どもを突き止めた話。で、あなたがニュースや犯罪記事をよく読んでいたことを思い出したの。本当は何があったかをわたしによく話してくれたでしょ。いつも言ってたよね、あなたには……」

ヴィクトリアがその言葉を見つけられなかったので、ウィンターは思い出させてやった。「一風変わった考え方をする習慣」

「そうそう、一風変わった考え方をする習慣」

「だけど、俺がここでどう役に立つのか、まだ見えてこないんだが。きみは証拠を手に入れた。自供だ。

事件はかなり単純に思える。俺に何をしてほしいんだ？」

ヴィクトリアは心の奥深くまでのぞきこむようなまなざしを向けてきた。そうやって彼を手に入れようとしているのか、あるいは、たまたまなのか、ウィンターには判然としなかった。しかし、そういうまなざしで見つめられたら、彼女がどんな無理難題をふっかけてきても、自分は全力を尽くすだろうとわかっていた。

彼女は身をのりだし、ウィンターの目を見つめたまま言った。「トラヴィスが無実だということを証明してほしいの」

三章

ウィンターがスイート・ヘヴンに車を乗り入れたとき、太陽はさんさんと輝いていた。しかし、なだらかな起伏のある芝生の雪はまだ溶けていなかった。雲ひとつない青い空が小さな町の上に広がっている。ヴィクトリアの言う通りだった。ここは過去から現れた町だ。いや、過去の夢からだ。物事があるべき姿だと感じられていた時代。しかし、実際には決して見かけ通りではない。

よく手入れされたこぎれいな下見板張りの家々と、ヴィクトリア朝様式の牧師館を教会の塔が見下ろしていた。どこもかしこも、クリスマスのイルミネーションで飾られている。町の中心部では、レンガや石造りのオフィスビルにリースや十字架がぶらさがっていた。冬のコートを着込んだ仲間たち、友人たち、恋人たちが公園の小道を進んで雪の丘陵を抜け、凍りついた川にかかる石橋を渡っていく。閑散とした冬の湖畔では、きらめく広大な水面を一人の男が眺めていた。

ジープのフロントガラス越しに、ウィンターはそうしたすべてを目にした。その風景は郷愁をかきたてた。そのとき初めて気づいた。クリスマスが近づくにつれ心に重くのしかかってくるのは、シャーロットの思い出ではないのかもしれない、と。もしかしたらシャーロットは別の何か、もっと根深い何かの象徴なのかもしれない。人生のいちばんいい時期が失われ、もはや取り返しがつかないという自覚、あまりにも重くなりすぎて耐えきれなくなっている数々の罪の記憶。

その思い――人生の全盛期は終わり、贖《あがな》うことができない罪もあるということ――のせいで、おのずとトラヴィス・ブレイクのことが頭に浮かんだ。

ヴィクトリアは〈ノマド・タヴァーン〉を出てから、その元レンジャーの人生について語ってくれた。そのときには雪は少し小降りになっていたので、二人は連邦議会議事堂の外にある公園をいっしょにゆっくりと歩いた。彼女が悲しい話を語っている間、二人の肩は頻繁すぎるほど触れ合った。

「国のために戦っても、戻ってきたときにはちがう国になっているのよ」とヴィクは言った。「ロジャーがそう言っていた。置いてきた生活にはもう戻れない。同じものはひとつもない。すべてが変わってしまっている。トラヴィスの場合、すべてが悪い方に変わっていた」

トラヴィスは大学を出て軍隊に入ったとき、羽振りのいい裕福な馬農場の息子で自信にあふれていた。家族――両親と妹のメイ――は幸せそのもので、固い絆で結ばれた一家だった。

大学のとき、トラヴィスはパトリシア・スタントンという中流階級出身の前途有望な美しく知的な女性と婚約した。トラヴィスが基礎訓練に行っている間にパトリシアはニューヨークに引っ越し、コロンビア大学で勉強を続け、コミュニケーション学で博士号をとることをめざした。彼女の願いは、意義のある非営利組織のために基金集めをする仕事につくことだった。二人がめざす人生は明確で、将来に大きな展望を抱いていた。

トラヴィスは経済状況が悪化したことにほとんど気づかなかった。レンジャー査定と選別プログラム、略称RASPと呼ばれる八週間の苛酷な訓練コースの真っ最中だったからだ。彼のすべての集中力と努力は、不適格者をふるい落とすための厳しい挑戦をやり抜くことに注がれていた。自分自身のきつい訓練を覚えていた父親の方も、家の問題で息子をわずらわせたくなかった。

両親が経済的に困ったことになっていると気づきかけたときには、すでにトラヴィスはアフガニスタンにいた。カラガシュ前線作戦基地《FOB》で〈MWRインターネット・カフェ〉から家に電話すると、母親の声がこわばっているのが聞きとれた。ついに父親をネットの画面越しに問い詰めると、老人は真実を白状した。できるだけ急いで資産を売り払っているところだったが、それでも馬農場を続けることは無理そうだ、と。

休暇でトラヴィスが家に帰ってみると、家族に大波乱が起きていた。オハイオのカレッジにいたメイが、女性と恋に落ちたとカミングアウトしたのだ。トラヴィスはその知らせにさもありなん、と思わずにいられなかった。メイは小さな頃からおてんばでトラブルメイカーだったから、その発言にも納得がいった。しかし、父親は完全に打ちのめされた。どれほど傷ついたか、言葉に出せないほどだった。メイの性的指向は、父親の自分自身と世界に対する概念を根底からひっくり返したのだ。トラヴィスがアフガニスタンに戻ったときには、父と母は不和になり、妹は誰とも、兄とさえ口をきかなくなっていた。まもなく、両親は引退してフロリダにひっこんだ。それは失敗から逃げ出す手段でもあり、大邸宅の維持にかかる費用を節約する方法でもあった。かつては莫大だった財産のうち、広大な屋敷だけが残ったのだった。

トラヴィスの運気がどんどん低下していることを吹き飛ばすような明るい側面もあった。パトリシアが卒業すると、二人は結婚した。彼女は妊娠して、女の子、ライラを産んだ。パトリシアはスイート・ヘヴンに引っ越してきて大邸宅で暮らし、負傷兵のための慈善事業の広報責任者になった。トラヴィスは十年務めた軍を除隊した。娘は四歳になっていたので、子ども時代をいっしょに過ごしたいと思ったからだ。定住するために家に帰ってきて初めて、不況が彼と家族に与えた爪痕を目の当りにした。父親は老年になり、経済と国をだいなしにした政治家と銀行について声高に罵っていた。母親は弱々しく涙もろくなった。妹は過激になり、ピアスやタトゥーだらけになり、トラヴィスの目には遠い国からやってきた見知らぬ人みたいに見えた。やがて最悪のことが起きた。絶望的な事実を発見したのだ。夫が留守のせいで強い不安に苦しめられていた妻が、ひそかに薬を常用していたことを。彼女は鎮痛剤依存症になっていた。

この時点で、トラヴィスの最大の懸念は娘のことだった。真面目で思慮深い小さな女の子は、彼の心を完全に占領していた。これほど深く人を愛せるとは思ってもみなかった。娘はトラヴィスの人生の意味であり目的だった。高級な長期滞在型農場で職を見つけたものの、妻にはもはや娘の世話ができないことを知ると、職を辞して家にいることにした。ときどきコンサルティングの仕事をしながら、誇り高い両親が最後の最後まで手をつけずにいてくれた信託ファンドで食いつないでいた。

そんなとき、とどめの一撃を食らった。妻はリハビリ施設に三度目の入院をしたばかりだった。ある嵐の夜、紫色の霧に包まれた湖面に雷が落ちたとき、パトリシアはリハビリ施設の五階の窓に椅子を投げつけ、ぎざぎざに割れた窓ガラスから身を投げたのだ。彼女は下の舗道にたたきつけられて死んだ。

「ずいぶん不運が続いたものだな」ウィンターは静かに言った。

「言ってみれば、まさにゴシック小説よ。それで彼は悲嘆に暮れた。暗い人間になった。友人たちですら寄り添えなかったし、ろくに話もできなかった。彼は大邸宅に引きこもってしまった。馬を一頭だけ残していたの、黒い種馬でミッドナイトという馬。毎朝のように、まるで地獄から来た悪魔に追われているみたいに田舎道で馬を駆っているのが目撃された。馬から振り落とされて死のうとしているのだろう、とみんな考えていた」

「なるほど、だが死ねなかった」ウィンターは言った。

「そう。子どもがいたから」

娘のライラは彼が愛する唯一の存在だった。その子のためだけに彼は生きていた。ジェニファー・ディーンと恋に落ちるまでは。

四章

ウィンターは自分のホテルに着いた。三階建ての下見板張りのコロニアル様式の宿で、町そのもののように古めかしくて魅力的で、夢のようなアメリカの過去を彷彿とさせた。横長のポーチへと正面階段を上がっていきながら、そこにあるロッキングチェアにすわって、一時間ほど湖の水平線を眺めて過ごせたらすばらしいだろう、と思った。

チェックインするときは《きよしこの夜》の合唱が低く流れていた。その歌はエレベーターで最上階に行くときにも彼を追いかけてきて、さらに、壁のテレビからも流れてきた——やがて、湖を見晴らす張り出し窓のある明るく居心地のいい広々とした部屋で荷物を解いているときには、《神の御子は今宵しも》に変わっていた。

服を片付け終えると、ウィンターは階下に行き、ジープに乗りこんだ。ハンドルを握り、ジェニファー・ディーンが司書をしていた小学校に向かった。

小学校はレンガ造りの小さな要塞を思わせるよそよそしい建物で、クリスマス休暇のため閉まっていた。でも校長のニコラ・アトウォーターが、校長室で仕事をしているので、そこでお会いできる、と言ってくれたのだ。

誰もいない廊下を歩いていくと、足音が反響した。三角形の屋根のついた四角い家と、その横に立つギザギザのクリスマスツリーのクレヨン画が壁にずらっと貼られていた。ふと、馬鹿げた考えが浮かび、笑い飛ばそうとした。クリスマスで閑散とした校舎は、子どもたちを恋しがっている気がしたのだ。

「なんだか、建物が寂しがっているみたいだ」

自分の考えが声に出てしまったことにぎくりとして顔を上げると、校長が廊下の突き当たりの校長室の外で待っていた。

「学校は子どもたちがいなくて寂しがっているようですね」彼女も言った。

じゃあ、まるで的外れな感覚じゃなかったのか、とウィンターは思った。

スイート・ヘヴンの奇妙さに注目するように、ヴィクトリアに仕向けられたせいだったのかもしれない。みんなが同じ、クローンの町、というイメージを心に植えつけられたのかもしれない。ただ、町を走りながら車の窓から眺めていると、通りにいる多くの男たちが軍人らしい物腰だということにウィンター自身も気づいた。背筋がピンと伸びているが力が抜けていて、自信にあふれているが用心深く、警戒を怠らない。

さて、ミセス・アトウォーターに近づいていくと、彼女は軍人の妻だったにちがいない、とすぐにわかった。ヴィクトリアはどう言っていただろう？　「陽気で生真面目で、家事を一手に引き受け、いかにも軍人の妻って感じの女性たち」。たしかに当たっているが、それ以上のもの、別の次元のものが存在した。ミセス・アトウォーターは知的なまなざしのほっそりした優雅な五十歳ぐらいの女性で、短い白髪混じりの髪にカフェオレ色の肌の魅力的な顔立ちをしていた。公務員として彼女が成功したのは、内心にユーモラスな皮肉のセンスを隠していても、外見は落ち着いた女らしさを漂わせているからだろう、とウィンターは推測した。「人間は過剰な現実には耐えられない」とあの詩人は言った（T・Sエリオットのこと。『四つの四重奏』より）。軍人の妻は現実を嫌というほど見せつけられる——啞然とするような官僚制度からひっきりなしの転勤、さらには突然の夫の死に至るまで——その結果、彼女たちはユーモラスな皮肉のセンスを磨くか、辛さのあまり心に真っ暗な闇を抱えるか、どちらかになった。

「図書室に行きましょう」彼女は言った。「ジェニファーの居場所でしたから。彼女について話すのにいちばんふさわしい場所です」

二人は並んでがらんとした廊下を歩き、楽しいクリスマスの光景が描かれたクレヨン画で埋め尽くされた壁を通り過ぎていった。

「トラヴィスの弁護士に依頼されたんでしたよね？」ミセス・アトウォーターは歩きながらたずねた。

「そうです」

「彼はまだすべてを自供していないんですか？」

「いえ、しました。ただ、司法取引をしないで自供したので、判決がまだなんです。罪を軽減できる要素があるなら、裁判官に知っておいてもらいたいと、われわれは考えています」

ミセス・アトウォーターがそれについてどう考えたのか、ウィンターにはわからなかった。トラヴィス・ブレイクは情状酌量を認められるのかもしれない、と思って腹を立てたのか、トラヴィスに対して好意や同情を感じているのか。あきらかに彼女は自分の考えを心の中だけにとどめておく訓練をしてきたようだ。

「ジェニファーの殺人事件は恐ろしいできごとでした」彼女はきっぱりと、しかし敵意らしきものはこめずに言った。「この町でこれまで起こった事件のうちでも、最悪のものでした。わたしたちがどれほど悲嘆に暮れたか、あなたにはわからないでしょうね。みんな、彼女を心から愛していました。魔法のような力を持った女性だったんです。陳腐だと思われるかもしれませんけど、みんながそれを実感していました。よくそのことが話題になったものです、あんな……ことが起きる前にも。彼女がここにやって来た瞬間に、それがわかりました。実はどこから来たのかわからないんですけどね。司書の仕事を募集する前に現れたんです。高齢の司書のミセス・ギブズに退職後の計画についてたずねていて、ふと顔を上げたら、彼女が、ジェニファーが戸口に立っていました。ジェニファーは言いました。『新しい司書をお探しだと聞いたものですから』どうやら町で訊き回っていたらしいんです。でも、この仕事にうってつけだったので、まるで魔法の力がふるわれたみたいでした」

「すると、スイート・ヘヴン出身ではないんですね？」

「ええ、ちがいます。正直なところ、誰もどこの出身か知らないんです。もちろん履歴書は出してもらいましたが、元々はどこで生まれたのかわからない、という意味です。ひどい交際相手から逃げてきたので、過去の個人的質問には辛すぎて答えられない、ときっぱりと言われました。しばらくして、誰もたずねなくなりました」それについて後悔でもしているかのように、ほっそりした肩をすくめた。「でも、どこか外国の訛りがありました。とてもかすかですけど。ロシアかな、とわたしは思いましたが、それについてもジェニファーは決して話そうとしませんでした。だけど、亡くなったとき──その話はお聞きになりました？──警察は何日もかけて彼女の近親者を探そうとしたんです。誰も名乗り出ませんでした。一日か二日、SNSに顔写真も載せたし、いくつかのテレビ局がニュースにしましたけど、やっぱり……誰も出てきませんでした」

「ええ、その記事は読みました。妙ですよね──町のみんなは彼女をとても愛していたのだから、他にも愛していた人がいたはずだとお考えになったのでしょう」

「そうなんです」ミセス・アトウォーターはしばし考えこんだ。それから口を開いた。「ジェニファーは──どう表現したら適切か自信がないんですけど──受け取る人だったんです、与える人ではなく。あなたが彼女に何か相談したとします。彼女はじっと耳を傾ける。じきに、あなたは心の内を洗いざらいしゃべってしまったことに気づく──おかげで、気分が前よりもよくなっている。ジェニファーは相手の心を癒やす唯一無二の存在だったんです。ただし、自分のことは何も話さなかった、まったく何も。そのせいで――なんだか――幽霊みたいに思えました。あるいは天使みたいに。何かそういったたぐいのもの、肉体を持つものではなく霊的な存在みたいに」

二人は図書室に着いた。ミセス・アトウォーターはグレーの服の細いベルトにぶらさげた鍵束から鍵を選んだ。彼女がドアを開けているときに、ウィンターはたずねた。「魔法のような力を持っているとおっしゃったのは、そこなんですか？　その霊的資質のせいですか？」

ミセス・アトウォーターはドアを開けると、彼のために押さえた。「そうだと思います。無言。静けさ。それに、やさしさ。彼女は内側から何かまばゆいものを発していました。慈愛かしら？　愛情のこもった思いやりかもしれません。子どもたちは心から彼女を慕っていました」

「あなたのお話をうかがっていると、それも当然でしょうね」

ドアが閉まった。二人は四方の壁に書棚が並ぶ長い部屋にいた。子ども用の椅子に囲まれた長いテーブル。壁の色とりどりの飾り。子どもの本の有名な登場人物の大きな手作りの切り抜き絵――男の子、クマ、お城の王女さま。ウィンターは本が唯一の友だちだった子ども時代を送ったので、どの登場人物も、どの物語もよく知っていた。

ミセス・アトウォーターが照明をつけると、司書のデスク近くのテーブルが目に留まった。そこには少年向けのミステリが並べられていた。ウィンターは口元をゆるめた。ミアはよくこうした本を読んでくれたものだ。本は半円を描くように立てられている。ただ、半円の真ん中に置かれているのはシリーズの本ではなかった。その表紙は美しい凝ったイラストだった。枝の間からのぞいている幽霊のような女性が描かれている。彼女は寂しい丘の上に立ち、かたわらには廃墟となった堂々たる塔がそびえ、眼下には小さな村、その奥に湖が広がっていた。秘めた愛のイメージだった。

「彼女の作品です」ミセス・アトウォーターが司書のデスクの向こう側に移動しながら言った。

ウィンターはびっくりして顔を上げた。「ジェニファー・ディーンが？　自分でこれを描いたんですか？」

「最後の頃に。直前に……あんなことが起きる前に。彼女はその本のすべてのイラストを描いたんです。すてきでしょ？　物語も書きました。それから子どもたちのために本にしたんです。本当にすてきなお話なの。呪われた塔に住む幽霊のお話なんです。主人公が生きているときに起きた恐ろしいことに、どの子も震えあがり、そのせいで彼女は復讐心に燃えたぞっとする幽霊になったんだ、と言い合っていました。でも、一人の男の子が勇敢にも塔に入っていくと、幽霊はとても愛らしくて美しいことを発見するんです」

ウィンターは本のページを繰った。「このイラストはすばらしいですね」

「これです、これを見ていただきたかったんです」

彼女はデスクの後ろのパソコンのキーボードをたたいて、モニターを彼に向けた。動画が始まった。

ジェニファー・ディーンが木製の椅子にすわり、輪になった子どもたちに朗読をしていた。音声のボリュームは下げられていたが、彼女のかすかな訛りは聞きとれた。そう、ロシアだ。

さらにウィンターは校長が魔法と呼んだものをすぐに見てとった。その静けさ、やさしさ。ジェニファーはほとんど身じろぎもせずにすわっていたが、驚くほど優雅だった。スリムで上品な体つきをしている。ページをめくるときには、その手だけが動いていた――やはり優雅に。ショートの黒髪――漆黒の髪――は顎の曲線に沿って斜めにカットされ、ふっくらした頰の柔和な女性らしい顔を縁取っていた。子どもたちは魅せられたようにうっとりと彼女を見上げている。

ウィンターは動揺し、虚ろな息を長々と吐いた。

「ええ」ミセス・アトウォーターは言った。「みんな彼女に対してはそんなふうに感じていました」そう語ったとき、その声にはまだ怒りが感じられなかった。「あなたに見ていただきたかったんです、ミスター・ウィンター。いわゆる罪を軽減できる要素を探していらっしゃるということですから。トラヴィス・ブレイクが刺し殺したのがどういう女性だったのか、あなたに理解してほしかったんです」

五　章

早くも夜の帳《とばり》が下りはじめていた。空が濃いロイヤルブルーに変わったとき、ウィンターはかつての大邸宅に、トラヴィスの家に車を走らせながら、初めてジェニファーがここに来たときのことを想像していた。

彼女はライラのためにそこを訪れた、とミセス・アトウォーターは話してくれた。トラヴィス・ブレイクの娘はもうすぐ八つだった。寡黙で思慮深い母親のいない内気な子は、他の先生では心を開かせられなかった。

だが、彼女は他の子どもと同じく、謎めいているがやさしい新任の学校司書に魅了された。恋人が愛する人を目で追っているみたいに、いつも司書を見ていて、ときには本にかがみこみながら、こっそり視線を送っていた。あるいは、ただ立ち尽くして魅入られたように見つめていることもあった。

ジェニファー・ディーンは本能的にタイミングを見計らうことができるようで、あるときライラに近づいていき、図書室のテーブルで小さな椅子に向かい合わせにすわった。ジェニファーは一冊の本をライラに渡して言った。「これをわたしに読んでもらえない、ライラ？」

その本はもっと年上の子ども、少なくとも十二歳以上を対象としたものだった。しかし、ジェニファーが予想していた通り、ライラは内容をはっきりと理解し、文章をやすやすと読むことができた。読み終えると、ライラは期待をこめてジェニファーを見上げた。自分がどういう子なのかすっかり知られてしまったことには、気づいていないようだった。

「グランド・ストリートの上の大きな家に住んでいるんでしょ？」ジェニファーはたずねた。「川の向こう側の丘にある家に」

ライラは生真面目にうなずいた。その茶色の目は司書の顔にひたとすえられていた。

「あのあたりを黒い馬に乗った人がときどき走っているけど」

「あたしのパパなの」

「じゃあ、ママはどこにいるの？」

「自分で死んじゃった」

「お気の毒に。とても悲しいね」

「ずっと前のことだから」子どもは言った。

その後、ジェニファーはトラヴィス・ブレイクに二度電話した。二度とも彼は電話に出なかった。最初のときは留守番電話に伝言を残した。彼は折り返してこなかった。二度目はすぐに切り、時間ができるのを待って、彼と直接話をするために大きな家まで運転していった。

今、ウィンターは長いでこぼこの私道をジープで上がっていき、大邸宅に到着した。しばらく雪かきをしていないようだったが、車のタイヤで雪はならされていた。たぶんパトカーだろう。家は丘の頂上からひっこんで建てられていたので、頂上にたどり着くまでは建物が見えなかった。目の前に現れたのは、灰色と白の石造りの怪物だった。ほったらかしにされた空っぽの家。壁際に古い雪が積み上がっている。有名な柱つきポーチの上のバルコニーも同じだった。三つの大きな切妻屋根に開けられた縦仕切りのついた高窓は、どこも真っ暗だ。

なんてわびしげなんだろう。窓は死人の目のようだった。警察の立ち入り禁止の黄色いテープが玄関ドアに張られている。ここが陽気な家だったことはなかったのだろう、一度も。かわいそうな子ども。今、ライラは叔母に預けられていた。トラヴィスの妹のメイ、いくつもピアスをして、とんでもない髪型をした女性。しかし、メイは少なくとも生きていたし親切心があった。今どこにいるにしても、小さな女の子にとってはここよりも明るい場所だろう。

ジェニファー・ディーンが初めてここに来たのは四月だった。このあたりでは嵐の季節だ。三日おきぐらいに、分厚く不穏な薄紫色の霧の塊が湖上に流れこんできて、その中で鮮やかな紫色の稲光が炸裂した。続いて土砂降りの雨がたたきつけるように降ってくる。やがて雨が止むと、霧が町じゅうを覆い、すべてを陰鬱で不明瞭な形に変えた。

ジェニファー・ディーンが丘を上がっていった日も、そういう霧が出ていた。ジェニファーがオンボロのシボレーから降りて、霧に包まれて影みたいに見える家の前に震えながら立ったとき、どれほど心細く不気味に感じたか、ウィンターはまざまざと想像することができた。濃霧のせいで周囲の丘はまったく視界がきかなかったにちがいない。物音は一切しなかっただろうが、嵐の後だったから、春の枝からポトポトと水が滴っていたはずだ。

寡黙なジェニファーにとっても、トラヴィス・ブレイクとの最初の出会いはあまりにも印象的だったから、誰かに話さずにはいられなかったのだろう。ミセス・アトウォーターがそれをウィンターに伝えてくれたので、彼はいつもの習慣で、自分の想像力によって詳細を補った。

ジェニファーはドアをノックした。応えはなかった。不安になって、ためらいがちにドアを開けようとした。鍵がかかっていた。ジェニファーは振り返り、渦巻く濃い霧の向こうに目を凝らした。ガレージにトラヴィス・ブレイクのトラックが停まっているのが見分けられた。トラヴィスが娘を迎えに来る日は、学校にあの古いピックアップトラックが停まっていた。それがここにあるとしても、彼はどこかに出かけているにちがいない、と彼女は推測した。

厩舎はどこだろう。黒馬のミッドナイトはそこにいるのだろうか。霧の中に別の建物は見えなかった。屋敷から離れ、厩舎を探しに行った。

あまり遠くまで行かないうちに、というかまだ遠くに行っていないと思っていたときに肩越しに振り返ると、シボレーがすでに見えなくなっていた。屋敷ももはや見えなかった。霧がすべてを覆い尽くしていた。

ジェニファーはやたらに怯えるような人間ではなかったが、方向がわからなくなり、私道に戻る道が見つけられないかもしれない、という不安が胸の内でふくらみはじめた。右を見ても左を見ても、霧ばかりで何も見えない。もう一度、あたりに目を凝らそうとした。

いきなり霧の中から、歯をむきだし白目をむいた黒い野生の獣が飛び出してきた。超自然の存在のように音も立てずにいきなりそこに現れ、彼女がその存在に気づくよりも早く飛びかかってきた。ジェニファーは悲鳴を上げ、むなしく両手を振り上げたが、雄馬のミッドナイトは後ろ足で立ち上がった。かたや乗り手は獣のように叫びながら、必死に手綱と格闘していた。

馬は彼を振り落とそうとした。そしてジェニファーを踏みつぶしかけた。しかし、トラヴィスは馬をどうにか制御し、激しく宙をひっかいているひづめの向きを変えさせた。ジェニファーは持ち上げた両腕を顔の前で交差させたまま、一歩あとずさった。

すると、ヒヒーンといななきながら、ミッドナイトは地面に下りた。馬はじっと動かなくなった。

その場面を想像していると、ウィンターの唇の端が吊り上がった。トラヴィス・ブレイクの人生はゴシック小説のようだ、とヴィクトリアは言っていた。たしかに、この劇的な邂逅《かいこう》はシャーロット・ブロンテの作品から抜け出してきたかのようだ。少なくとも英文学教授のウィンターが頭の中で書き直したときには、そうなっていた。

荒い息をつきながら、ジェニファーは霧を透かして乗り手を見上げた。トラヴィス・ブレイクは怒りに口をゆがめながら彼女を見下ろした。ミッドナイトが鼻を鳴らすと、霧が鼻孔の周囲で渦巻いた。

「おまえは誰だ？」トラヴィスは彼女に食ってかかった。

ジェニファーはゆっくりと腕を下ろした。気持ちを落ち着かせようとして長く深く息を吸いこんだ。

「ジェニファー・ディーンです。学校の。お電話しました。メッセージも残しました」

「ああ、なるほど」馬はいらいらと足踏みをした。「どうしてここに？」

「電話をくださらなかったので」

「あなたと話したくなかったから」

ジェニファー・ディーンはそれを聞いて顎をぐいっと上げた。トラヴィスは相変わらず冷笑を浮かべながら見下ろしている。だが、ジェニファーはまた冷静さを取り戻し、優雅な静けさをたたえて黙りこんだ。彼をじっと見つめていると、馬がいななき、彼女のすぐそばまで近づいてきた。

「話したくないのは承知していますけど」ようやくジェニファーは口を開いた。「それはあなたの義務です」

六　章

黄昏と夕べの鐘の音
その後は暗闇！（アルフレッド・テニスン『Crossing the Bar』より）

その晩、ホテルのポーチでロッキングチェアにすわっていたとき、詩人の言葉が甦《よみがえ》ってきた。手すりの向こうで、広大な湖が影に呑み込まれていくのを眺めた。現実でも、どこかから鐘の音が聞こえてくる。おそらくブイの鐘だろう、波間に揺られているブイ。その鐘の音は詩と同じように哀調を帯びていた。しかも、同じ詩人がこんな詩も書いていたのではなかったか？

打ち出せ、荒ぶる鐘よ、荒れ狂う空へ
疾駆する雲へ、凍てつく月光へ……（アルフレッド・テニスン『Ring Out, Wild Bells』より）

というのも、目の前には荒れ狂う空が広がり、ほぼ満ちた月の光の中を雲が走り抜けていたからだ。テニスン卿はそのひとときに命を与えたのかもしれない。

ウィンターは悲哀とバーボンをもてあそんでいた。前者には飽き飽きし、後者には用心しながら。彼が求めていたのは忘却ではなく、理解とささやかな平穏だけだった。数日前に初めてマーガレット・ホイッティカーと面接したことを思い返した。サイコセラピストが彼の手を観察していたことも。彼女の淡い緑の瞳に浮かぶ知性を見て、本性が見抜かれた、隠していた過去が暴かれた、と感じた。彼女はウィンターがこれまでにやってきたことを知った、もしくは推測した、あるいは疑った。彼が残してきたいくつもの死を。自業自得の死もあったが、さらに悪いことに、ときには彼のせいで悪人がもたらした死もあった。

毛布にくるまって少しだけ酒をすすった。自分の気分を平静にするためにアルコールの助けを借りたくなかったからだ。その穴に落ちていった人間は数え切れないほど知っている。にやついている悪魔に喉をつかまれ、その深淵にひきずりこまれたのだ。

そもそも一杯のバーボンでは、ジェニファー・ディーンの動画と、あの言葉を頭から消すことは無理だった。「あなたに見ていただきたかったんです。トラヴィス・ブレイクが刺し殺したのがどういう女性だったのか、あなたに理解してほしかったんです」

ほぼ——完全にではないが——どういうことが起こったのかを感覚的にはつかむことができた。ほぼ

——完全にではないが——自分自身の心の重荷になっている経験をトラヴィスという男に投影し、ジェニファー・ディーンの命を奪った男のイメージを作り上げることができた。シルバー・スターを授与されて故郷に帰還したトラヴィス。戦火で国のために戦う以外に何をしてきたのか？　それと引き換えに神から何を与えられたのか？　両親は破産し、妹は我が道を行き、妻は自殺し、彼は子どもを愛していたが育て方を知らなかった。国のために戦っても、戻ってきたときにはもはや同じ国ではない。残してきた生活には戻れない。

ジェニファーが会いに来たとき、トラヴィス・ブレイクは彼女を待たせた。ミッドナイトを厩舎に戻さなくてはならないと言い、後をついてこさせた。トラヴィスが馬に乗り、その後を徒歩でついていくのはジェニファーにとって苦痛だったにちがいない。遅れないようにできるだけ速く歩かねばならず、雪やぬかるんだ地面に靴がめりこんだだろう。それでも、霧の中で方角もわからず一人で放り出されるわけにはいかなかった。

馬にブラシをかけ、毛布をかけてやり、えさを与えるまで、彼はジェニファーを待たせた。屋敷に戻る間トラヴィスはひとことも口をきかなかった。その態度だけで、彼女の話を一切聞きたくないことを示したのだ。またもやジェニファーはトラヴィスの後をついていったが、彼にとってはついてきても、ついてこなくても、どうでもいいようだった。

トラヴィスは外見も中身もとことん暗い男だった。ぼさぼさの黒い髪に黒い顎鬚。目は酷薄そうに見えた。氷を思わせる薄青色の目は残忍に見えたが、〝そうは思えなかった、残忍だとは信じられなかった〟とジェニファーはミセス・アトウォーターに報告した。少なくともトラヴィスは娘を愛していた。娘に愛情を注いでいる証拠をジェニファーの目は見逃さなかった。親としての愛情と、その愛情の成果は、娘の立ち居振る舞いに見てとれた。ライラは内気だったが、しっかりしていたし、自信も備えていた。母親がいなかったから、父の愛情だけがそれを与えてきたのだ。

それでも、たしかに最初のうちは残忍な目に見えた。それに、彼は体が大きく、ゆうに百八十三、四センチはあった。肩幅が広く、筋肉質で、動作が威圧的だった。ジェニファーは彼を恐れた——ミセス・アトウォーターにそう話した。〝酔っ払っているか、まったく物を知らない女でない限り、どんな女も恐れるような男だ〟と。

彼についてジェニファーは家に入っていった。哀れなほどほったらかしにされている室内を見回した。置かれている家具はどれも古く、ソファは染みだらけで破れていた。トラヴィスの両親が置いていった家具だ。窓は汚れてくもり、床の隅には綿ぼこりがころがっている。

トラヴィスはリビングを抜けるとキッチンのシンクに近づき、蛇口からコップに水をくんで、彼女には何も勧めず、無言のまま一気に水を飲み干した。かたや彼女の方は、いつものように静けさを漂わせながら気まずい沈黙を破ろうともせず、沈黙が終わるのを、それが過ぎるのをじっと待っていた。

トラヴィスは乱暴にコップをカウンターに置いた。振り向いて、恐ろしげな青い目を彼女に向けた。

「それで？」彼は言った。

「お嬢さんには才能があります。そのことを知っていただきたいんです」

「だったら？　彼女を教えてやってくれ。あなたは教師だろ、ちがうか？」

「わたしは司書です」

「ああ、そうか。メッセージで言ってたな。じゃあ、あの子に読む本を渡してくれ。本好きなんだ」

彼はさらにコップに水をくみはじめたので、そのかたわらで彼女は言った。「だめです。そんなふうに子どもを育てることはできません、ミスター・ブレイク。こういうふうには」

そう言いながら、ジェニファーが室内を手振りで示すまでもなかった。まちがいなく彼には言わんとすることがわかっていたはずだ。そう、わかっていた。ジェニファーに向かって片方の眉をつりあげると、笑みと呼んでもよさそうなものを浮かべかけた。

「そうかな？」彼は言った。

「そうだということはご存じですね、ミスター・ブレイク。それがあなたの悩みの一部なんです。どうしてあんなふうに馬に乗るんですか？」

「は？　あんなとは？」

「あなたの乗っているようにです。みんな、あなたが丘で馬を駆っているのを見ています。まるで悪魔を追いかけているか、悪魔に追いかけられているみたいに」

彼は笑うまいとしたのかもしれないが、結局、笑った。おそらく遠慮会釈のない言い方に対してだろう。感じのいい笑い声ではなかったが、彼女が覚悟していた他の反応よりはましだった。

「ライラをとても愛していることはわかります」ジェニファーは言った。

「へえ、そうなのか？」

「ええ」

「あなたは——ロシア人か？」

「え？　どういう関係があるんです？」

「一度ロシア人を殺した。背後から忍び寄っていき、両手で首をへし折った」

ジェニファーの顔はほてり、真っ赤になった。「わたしに背中を向けてほしいんですか？」

彼はまた笑い声をあげた——またもや荒々しい笑いだった。しかし、目は輝いているようだった。それにジェニファーは自分が正しかったことがわかって満足感を覚えていた。彼の目は残忍ではなかったし、暴力的でもなく、ただ不機嫌で、傷つき、怒りをくすぶらせているだけだった。まるで少年のように。

死んだロシア人の話にもかかわらず、ジェニファーはもう彼を恐れていなかった。そのことを知らせるために、彼に一歩近づいた。キッチンのカウンターに片手をのせた。

「あなたの愛情は大切なものです。ライラが吸う空気であり、ライラの血と肉になります」

トラヴィスは顔をそむけ、排水口を見つめた。シンクの縁に両手をあて、両肩をぐいっと持ち上げた。まるで要塞の壁のように。「だったら、あの子は必要なものを与えられているってことだろ？」彼はつぶやいた。

「いいえ。もちろんちがいます。あなたが彼女の周囲に張り巡らせているこの暗闇、あなたの闇、それにありふれた日常生活に彩りを与えるものに無関心なこと――これではまるで食べ物と飲み物と空気だけを与えられ、太陽の光がないみたいです。生きることはできますよ。でも、健やかに育つことはできません。せっかくの傑出した能力を発揮できるようには成長できないんです」

彼はシンクを見つめ続けていた。返事はしなかった。それから、あきらかに意志の力によってこう言った。「あの子の母親はそういうやり方を心得ていた。ありふれた日常生活の彩りを」

「そうでしょうね。わかります。女性ならではのスキルですから。ただ、賭けてもいいですけど、今すぐライラの部屋に行けば、ベッドにはキルトのカバーがかけられ、かわいい枕が置かれ、お人形があって、壁には絵が飾られていると……」

あまりにも驚いた様子でトラヴィスが勢いよく振り向いたのは、滑稽なほどだった。まるで財布の中に入っている金額か、二年前の今夜の夕食に食べたものを正確に言い当てられたみたいだった。

「ねえ、おわかりでしょ」ジェニファーは続けた。「わたしが言っていることは理解できますよね」

ジェニファーは後にミセス・アトウォーターに言ったものだ。〝ジェニファーが優位に立つことを彼が甘んじて受け入れたのは、子どもへの愛情の証《あかし》に他ならない〟と。ミセス・アトウォーターが推測したのとはちがい、ジェニファーという人が持つ心の力のおかげではなかったのだ。〝わたしの武器がその力だけだったら、彼が殺したロシア人のように、もぎとられた頭を抱えて帰ることになったかもしれない〟、とジェニファーは笑った。

だが、彼はまた顔をそむけた。シンクに寄りかかり、両肩を要塞の壁のように盛り上げた。やがて、その壁は聖書のエリコの壁のようにガクンと崩れた。彼は小さく息を吐いた。「嘘じゃない、努力はしたんだ」静かに言った。「ただ、できなかった」

「いいえ」ジェニファー・ディーンは言った。「あなたならできます。そのことを申し上げにうかがったんです。できると思わなかったら来なかったでしょう」

もう一度、彼はジェニファーを見て、首を振った。唇を開き、彼女が天から降ってきたかのように驚異の目で見つめている。ミセス・アトウォーターが言ったように、ときどき彼女はそんなふうに人から思われることがあった。

そうやって彼が見つめている間に、ジェニファーは背を向けてキッチンから出ていった。トラヴィスはそこに突っ立ったまま、彼女の足音に耳を澄ましていたかもしれない。彼女ががらんとしたリビングを抜け、ほこりだらけの大きな玄関広間から、また霧の中に出ていくまで。

七　章

霧の多い夜が明けると疾駆する雲は消えていたが、朝にウィンターがホテルを出てジープまで歩いていくとき、悲哀に満ちたテニスンの鐘はまだ水辺のどこかで鳴っていた。

今日もまた気持ちのいい晴れた日だった。湖岸から町の中心部に車を走らせ、ゆっくりと大通り沿いを流しながら、フロントウィンドウ越しに町なかを観察した。商店主たちが古めかしい店の営業を始めようとしていた。ウィンドウには色とりどりの電飾とクリスマスの松ぼっくりがぶらさげられている。買い物客たちがコーヒーのカウンターに列を作っている。コートを着た男女が、郡役所や裁判所の石階段を急いで上がっていく姿も見えた。どちらの建物も小さな町の自信と威厳を漂わせた古典的な建築物だった。ふたつとも二十世紀半ばに建てられたように見えた。

今、彼は結論にたどり着いた。いや、ヴィクトリアだけのせいではない、ヴィクトリアがスイート・ヘヴンについて説明したことのせいだけではない。ここには軍人と元軍人があふれている。それはまさに真実だった。多くの男性の表情や身のこなし、用心深さと自信、それに女性の表情にも、それはうかがえた。淑女らしい物腰でありながら、目には火花さながらの無謀さとユーモラスな皮肉が浮かんでいる。早朝の光の中、裁判所の前に車を停め、ジープのドアに寄りかかって通り過ぎる人々を観察していると、ヴィクトリアが言ったすべてのことが理解できた。さらにそれ以上のことも……。

そのとき、ヴィクトリアが裁判所から出てきた。階段の上の太いドーリス式の柱の間で足を止めて、彼を探している。ウィンターはその姿を眺めながら、ウールのコートとウールの帽子という冬支度のヴィクトリアは、とても愛らしくて暖かそうだ、と思った。そのときヴィクトリアは彼を見つけ、希望にあふれたハイスクールの生徒のような笑みを浮かべて階段を下りてきた。

ウィンターは助手席側に回って彼女のためにドアを開けた。さわやかな空気の中、花のような彼女の香りがふわっとした。その匂いを嗅がなければよかった、と後悔したが、時すでに遅く、もう取り返しはつかなかった。

「それでスイート・ヘヴンのこと、どう思う?」ジープを発進させると、ヴィクトリアはたずねた。

「感じがいい。きれいだ。クリスマスカードみたいだな」彼女が答えないので、ちらっと見ると、いぶかしげな目でこちらを見ていた。「何だ?」彼はたずねた。

「ええと、こう言おうとしていたところなの、『あなたのことはわかってる、キャメロン・ウィンター』でも、それは本当じゃないでしょ? 以前はあなたのことがわかった、と思ったけど、実は誰にもわからないのよ。だけど、本音とはちがうことを口にしているとピンとくるぐらいには、あなたのことを知っている。というか、本心をすべて明かしていないときかな」

彼は微笑んだ。町の中心部のはずれに建ち並ぶヴィクトリア朝様式の広壮な家々を走り過ぎていく。ペンキで塗られたドアに地味なリース。雪の積もる芝生には、白い豆電球で飾られたもみの木が立っている。

「ゆうべ、きみが言ったあることを考えていたんだ」ウィンターは切りだした。「国のために戦ったのに、帰ってきたらちがう国になっていたって話だ。だが、ここに帰ってこられたんだぞ。どうにかこうにか。少なくとも帰ってきたという感慨は味わえるはずだ。クリスマスカードを眺めているときに感じるような感覚だ。つまり、楽しい過去がそのまま凍りついているという感じかな。俺が感じたスイート・ヘヴンはそういうことだ。楽しい過去がそっくりそのまま冷凍されている」

ヴィクトリアはうなずいた。「ええ、わたしもそのことを考えた。みんな、それをめざしているんだと思う、絶対に。ここの元軍人たちはね。意図的なのよ。価値観の共同謀議って感じ。堕落と闘うための共謀。時間に抵抗しようとする策略」

メイン通りからさらに離れるにつれ、家はどんどん質素になっていった。家が質素になるにつれ、クリスマスの飾りは凝ったものになった。建物全体の輪郭に沿って点滅する電飾がとりつけられている家もあった。ある家の外には、フル装備のトナカイたちが引くソリに乗る等身大のサンタがいた。別の家の窓では「メリー・クリスマス」という文字がまばゆく点滅していた――まるで酒場みたいだ、とウィンターは思った。

「その先を左に曲がって」ヴィクトリアが指示した。

ジープを特徴のない集合住宅の駐車場に乗り入れた。二階建ての下見板張りの建物三棟は、優雅でもなければみすぼらしくもなかった。ウィンターは駐車場に停めたが、しばらく二人は無言のまま車内にすわっていた。二人とも建物に目を向けていた。あたかも殺された女性の魂が清めてくれたこの場所に来られて、感銘を受けたかのように。

「頼んでおいた彼女の記録は探してくれた?」ウィンターはたずねた。

「とりかかったところ。アシスタントにやらせてる。アダム・ケリーよ。彼、そういうことが得意なの」

「ちょっと妙じゃないかな? 彼女はどこからともなく現れた。誰も彼女の出自を知らない。亡くなっても、連絡してくる人間は一人もいない」

ヴィクトリアは相変わらず集合住宅に視線を向けていた。返事代わりにぼそっとつぶやいた——「うーん。そうね」みたいなことを。

「元夫とかがいたのかな?」

「わたしたちの知る限りではいないけど」

「だとしても。少なくとも、彼女を大切に思っている人間なら、警察は発見できるはずだよ。雇うときに、指紋照会はしなかったのか？」

ヴィクトリアはどこか遠くから現実世界に戻ってきたようだった。たった今、彼が隣にいるのを思い出したみたいに振り向いた。「したわよ、もちろん。彼女はすべての証明書を持っていた。州立大学の修士号。犯罪歴とか、その手のものは一切なし」

「で、家族もいない」

「そうみたいね」

今度はウィンターが物思いに沈む番だった。ジープのドアが開く音で、彼ははっと顔を上げた。隣を見るとヴィクトリアが降りようとしていた。「実際のところ、ここで何を探せばいいのかな？」彼はたずねた。

そのとたん、ヴィクトリアは動きを止めた。彼女は座席にまたすわりこんだ。外の冷たい空気が開いたドアから流れこんでくる。

「きみはトラヴィスが無実だということを証明してほしいと頼んできた」ウィンターは言った。「だが、そんなはずがないだろ。それでは意味をなさない。彼が完全に無実だということはありえない。ちがうか？　すべての証拠が彼の有罪を示している。自供まである。きみの推理は？　すべてがなんらかの手の込んだトリックなのか？　偽装した死とか、そういうやつなのか？」

俺に向けた彼女の悲しげなしかめっ面ときたら、なんて哀れを誘うんだ、とウィンターは思った。ちょっとした嘘がばれて、泣きだしそうになっている小さな女の子みたいだった。「いいえ」彼女は言った。「そのことは考えてみた。でも、ありえない」

「たしかに。すべてが公正におこなわれるだろうから、彼は終身刑になるだろう。それじゃ、たいしたトリックとは言えない」

彼女はため息をついた。「そうなの」

「じゃあ、俺たちは何を探しているんだ、正確に言うと？」

答えるまでに一瞬の間があった。とりあえず答えをひねりだすまでに、それだけの時間が必要だったのだ、と彼は思った。

「校長と――ミセス・アトウォーターね、彼女と話したとき、娘の誕生日のことを言っていた？」

ウィンターはうなずいた。「聞いたよ」

「みんなの話だと、トラヴィスとジェニファーは、それをきっかけに真剣につきあいだしたんですって。で、みんなの話だと、二人の関係は本物だった」

「きっとそうにちがいない。だが、今回が初めてじゃないよ……」

そのあとを彼女がひきとった。「恋愛が殺人で終わるのは。ええ、もちろんそうよ。それに、情状酌量できる状況をすでにつかんでもいる。ちゃんと手に入れたの。判決前調査報告《PSIR》では、トラヴィスの戦争による心的外傷後ストレス障害《PTSD》について触れている。それに妻の自殺による精神的落ち込み。彼が何かに執着してしまう可能性は容易に想像できる。ジェニファーの秘密に。昔のボーイフレンドに。彼のような男がプッツンと切れてしまうことも簡単に想像がつく。一瞬の狂気に駆られたのよ。そこに情状酌量の余地がある。それはまちがいない。彼は第二級殺人罪で告訴されたので、裁判官には多少とも裁量の自由があるの。こちらの主張によって、終身刑ではなく二十五年に減刑してもらえるかもしれない。それに、ある意味で故意ではなかったということにできれば、判決は十五年になるかもしれない」

「裁判官はどういう人間なんだ？」

「リー裁判官？」片手をあいまいに振った。「元レンジャーのルイス・リーのこと？　検察官の支援つきよ——元レンジャーのジム・クローフォード」

「じゃあ、二人とも軍隊仲間として、トラヴィスには手心を加えるだろう」

「かもね」ヴィクトリアはあまり期待していないようだった。「だけど、この人たちはずっと真面目に生きてきたの。むしろ、第七十五レンジャー連隊の高い基準を彼にしっかり守らせ、より厳しい罰を与えかねない。ともかく、それを恐れているの」

ウィンターはうなずき、考えこんだ。「じゃあ、改めて聞く、ヴィク、何を探しているんだ？　知っていれば役に立つ」

ヴィクトリアはフンと言った。「わからない、わからないのよ。すべてがどこかしっくりこなくて。ただ感じるだけなんだけど」彼女は指を額にあてがい、頭痛がするみたいにもんだ。ウィンターはじっとその様子を見つめた。そばかすの散った頬をふくらませて必死に考えている。ウィンターはそばかすの散ったそのほっぺたがずっと好きだった。

ヴィクトリアはため息をついた。彼に顔を向ける。「夫がアフガニスタンから帰ってきたとき、彼は以前とはちがっていた。たしかに彼は彼だけど、前と同じじゃなかったの。まちがいなく夫なのよ、ほぼね。だけど、目の中に、見たこともなかったものがあった。それは今でも居座っている。いまだに、そこに見えるの」

「うーん、おそらく、そういうもんじゃないのかな」ウィンターは言った。「国のために戦ったのに戻ってみたら国は変わっていたとかではなくて、たんに同じ人間のままでは戻ってこられないってことだよ」

彼女は返事をしなかった。窓の外をじっと見つめている。

「だから——何なんだ?」ウィンターはたずねた。「トラヴィス・ブレイクは、きみにリチャードを連想させる。だから、彼が無実であってほしいのか? 夫がいつかきみを殺したりしないことを俺に証明してほしいのか?」

「わからない。何もかも筋が通るようにしておきたいだけ。気持ち的に。つまりね、娘のバースデーパーティーにやって来た同じ男が、愛していた女性にコンバットナイフを突き立て、遺体をラグで巻き、湖の真ん中に捨てることが本当にありうるのか、ってこと」

「あるとも」ウィンターは即座に応じた。「俺の経験だと、百パーセントありうるね」

彼女は不機嫌そうな目つきでウィンターをちらっと見た。「ロジャーよ、いい。リチャードじゃない。わたしの夫の名前はロジャー」

「ロジャー、そうとも」ウィンターは淡々と言ったが、彼女はすでにジープを降りてドアを乱暴に閉めていた。

ウィンターはしばらくハンドルの前でぐずぐずしていた。頭の中にひとつのイメージが浮かんでいた。黒い馬に乗った黒い服の男のイメージだ。スイート・ヘヴン郊外の丘陵の尾根を疾駆していく男。悪魔を追いかけているみたいに、あるいは悪魔に追われているみたいに。もちろん彼はジェニファーを殺すことができる。ヴィクはただ感傷的になっているだけだ、それだけだ。

馬の乗り手のイメージは消えたが、ウィンターはまだそこにすわっていた。少ししてから、動けなかったのはヴィクトリアの香りがまだそこにたゆたっているせいだと気づいた。そのとたん自分で自分に腹が立ち、ジープから冷気の中に出ていった。

集合住宅の小道を足早に歩いてヴィクトリアに追いついた。彼女は中央の建物に入っていった。ウィンターは彼女の後から二階の部屋まで階段を上がった。ドアには警察の立ち入り禁止テープが張られていたが、彼女はバッグに入れていた金属製の爪やすりでそれを切った。ドアを押し開け、ウィンターを先に通す。

ジェニファー・ディーンの部屋は、まさに彼が予想していた通りだった。個人的な装飾が一切ない、整然としたワンベッドルームの部屋。壁には額入りのスケッチ——森の風景と湖の風景——ホテルの部屋に飾られていても違和感のない絵だ。キッチンの皿、ベッドの毛布、バスルームの化粧品、どれもネットのサイトで適当に買ったらしい個性のないものばかりだった。クロゼットとたんすの中の服ですら、同じようにいい加減に見繕ったものに思えた。スカート、スラックス、ブラウスは、ひとつかふたつのデパートのウェブサイトで三十分もあれば買えただろう。下着ですら同様だった。

この匿名性という全体的なルールに、ふたつだけ例外があった。ベッドの近くの壁にかけられたロシアの聖像画、やつれた聖母と妙に大人びた子どもが木材に手描きされた絵だ。ジェニファー・ディーンは眠りに落ちながら、夜の影を透かして、それをじっと見つめていたのだろう。そしてふたつ目は一冊の本。ベッドサイド・テーブルのよれよれになった外国語のペイパーバック。もちろん、司書は読書家だろう。しかし、他の蔵書はどこなのだ？　一度に一冊ずつ読み、読み終えるたびにそれを捨て、また新しい本を手に入れて読んでいたのだろうか、とウィンターは首を傾げた。

その本を手にとり、もっと仔細に調べた。ロシア語で書かれていた。

「ドストエフスキーだ」彼は言った。「『カラマーゾフの兄弟』」

クロゼットの中の服を調べていたヴィクトリアは驚いて振り返った。「どうしてわかるの？　ロシア語が読めるの？」

彼は本をベッドサイド・テーブルに放りだした。「ドストエフスキーの匂いがしただけだ」そっけなく答えた。

寝室の窓に近づき、外をのぞいた。芝生に雪が積もっている。木立の向こうに道路が見えた。ぱっとしない風景だった——不快ではないが、なんとなく気が滅入りそうだ。ことに鬱状態になりやすい人間なら。まさに最近の彼はそうだった。ここで一人きりでロシア語の本を読み、ロシアの聖母に祈り、退屈な風景を眺めているジェニファーを思い浮かべた。そんなとき、彼女はシルバー・スターを授けられたアメリカ人のヒーローと恋に落ちた。

二人の恋愛はヴィクトリアが言ったように、四月末のライラの八つの誕生日に始まったように思えた。ジェニファーが屋敷までトラヴィスに会いに行ってから、わずか二週間後のことだ。屋敷からはパーティーの招待が一切なかったので、ジェニファーはライラの誕生日が見過ごされてしまうのでは、と気をもんだ。そこで、ふだんの学校のパーティーがいつもより少しだけ華やかになるように工夫することにした。図書室にカップケーキを並べ、本にちなんだ飾りをほどこした。紙製のテーブルクロスや皿やカップに、ライラのお気に入りのシリーズのヒロインたちの絵を描いた。子どもたちはケーキで顔を汚しながら、にぎやかで楽しいひとときを過ごした。紙製の王冠をかぶったライラは頬をピンクに染め、にこにこして幸せそうに見えた。

ライラには仲良しの子がいた。グウェンだ。グウェンの母親——ヘスター・ケリーは、二人の女の子が友情を深められるように気を遣ってくれた。ライラにはそれが必要だと、ヘスターにはわかっていた。母親は亡くなり、父親は悲嘆と怒りが渦巻く自分だけの世界に閉じこもっていたからだ。ヘスターもその場にいて、パーティーの手伝いをしていた。さらに、校長のミセス・アトウォーターもしばらく顔を出した。

トラヴィス・ブレイクがドアから入ってくると、三人の女性はびっくりして棒立ちになった。一瞬、目を見開いてから、ミセス・アトウォーターはジェニファーに笑顔を見せた。彼女はこう伝えたかったのだ。これはすべて、あなたのお手柄よ。もちろん、その通りだった。

トラヴィスはジェニファーと会った日以降、身ぎれいになっていた。顎鬚は短く刈り込まれ、ジーンズにはアイロンがかかっている。ジャケットと清潔なシャツ。目の中の怒りもいくぶん抑えていた――もしかしたら、自然に消えてしまっただけなのかもしれないが。いずれにせよ、図書室に入ってきた彼は笑みらしきものを浮かべ、いくつかのプレゼントを抱えていた。

ライラはテーブルのお誕生日席から父を見つけた。驚いて大きな声をあげると、口をアルファベットのO《オー》の形にした。ジェニファーとヘスターが並んで見守っていると、ライラは椅子から飛び出し、つむじ風のように部屋を突っ切った。父親に突進していき、両脚にしがみついて叫んだ。「パパ！」その声にはあふれんばかりの感謝と喜びがこめられていた。

ジェニファーはいつものように静かな物腰で眺めていて、直立したまま身じろぎひとつしなかった。

しかし、その目には涙があふれてきた。嗚咽《おえつ》の声をもらさないように、ゆっくりと深呼吸しなくてはならなかった。ヘスター・ケリーの方も顔をそむけ、すばやく手の甲で頬をぬぐった。それからジェニファーの肘をつかみ、やったね、とばかりに意気揚々とした顔を彼女に向けた。ジェニファーのやり遂げたことをねぎらう気持ちがあふれていた。

ただし、のちにジェニファーが主張したように、それは父親の娘に対する愛情の証でしかなかった。トラヴィスは親としての機能不全を乗り越え、怒りを抑え、男としての誇りすら飲み下したのだ。お節介な司書の意志に、彼の抱えている闇を従わせるために。

パーティーがお開きになり、学校の一日も終わった。ライラは父親と手をつないでドアを出ていきながら、これまで聞いたことがないほど饒舌《じょうぜつ》になっていた。もっとも、バースデーパーティーを祝ってもらったばかりで、そのことをいつまでも話題にしたがっている八つの女の子なら、それが自然だ。

「よかったわね！」ミセス・アトウォーターはジェニファーに言った。その言葉にはおめでとうの意味がこめられていた。

トラヴィスとライラは角を曲がって見えなくなった——女の子の話し声だけが、図書室に立っている三人の女性たちのところまでかすかに聞こえてくる——そのとき、グウェンがプレゼントしたピンクの腕時計をライラに渡し忘れたことに、ジェニファーは気づいた。

「あっ」彼女は叫んだ。そして走りながら腕時計をつかむと、ドアから飛び出していった。

二人を追いかけながら呼びかけた――父親ではなくて、子どもを呼んだ。なぜか父親に声をかけるのが恥ずかしかったからだ。

「ライラ！」

父と娘は振り返って足を止めた。ジェニファーはかがみこんで、ライラの小さな手に腕時計を渡した。

「これ、忘れてたわよ、ライラ」

トラヴィスは娘が贈り物を受け取るのを無言で見ていた。ジェニファーが図書室に戻ろうと背を向けたとき、彼は声をかけた。

「土曜日にキャデラック・パークへローラースケートに行くんだ」トラヴィスは言った。彼は名前を呼びかけなかった――彼も恥ずかしがり屋にちがいなかった――だから、ジェニファーは彼が自分に話しかけていることにすぐに気づかなかった。一拍おいて彼女が振り向くと、彼は繰り返した。「土曜日にローラースケートに行くんだ。いっしょに来ませんか？」

腕時計を持ったままライラは両手を握りしめ、かかとを上下させて体を揺らしながら夢中で祈っていた。ジェニファーがどうかどうかどうか、いっしょに来ますように、と。

「ああ、ごめんなさい」ジェニファーは言った。「実は用があって。また別の機会に」

「彼女は隠れていたんだ」今、ウィンターはそう言うと、窓辺から離れてヴィクトリアがいるクロゼットの方に向かった。「誰かに追われていたんだ。おそらく昔のボーイフレンドだろう。彼女は逃げ続けていた。そうしなくてはならなかった」

ヴィクトリアはまさか想像できない、と言わんばかりにまばたきした。「本当に？　そう考えてるの？　それはちょっと——なんというか——メロドラマじみてない？」

「このがらんとした部屋」とウィンターは指摘した。「個人的なものがまったくない。本が一冊だけ。ジェニファーは一切の質問に答えようとしなかった。それにどうして彼を——トラヴィスを拒絶したんだ？　バースデーパーティーの後でスケートにいっしょに行こうと誘ったときに、どうして断ったんだ？」

「だけど、行ったのよ。現れたの。彼がパーティーに予告なくやって来たみたいに。いきなり」

「彼に惹かれていたからだ。二人どちらも。恐怖より、その思いがまさったんだ」

「本気でそう考えているの……？」

だがそのとき、ヴィクトリアのスマートフォンがジャケットのポケットで振動した。彼女は電話を取り出して眺めた。「アシスタントよ——アダム」そう言って電話を受けると、部屋から出ていった。

彼女がリビングを歩き回りながらしゃべっている声がかすかに聞こえてきた。彼はベッドを見下ろした。ヴィクトリアの体が自分に押しつけられる感触が思い出された。

眉をひそめた。なんだか滑稽だ、感傷的になっている。ヴィクトリアを自分の人生に取り戻したいと本気で思っているわけではない。たんに悲しみのせいだ。孤独のせいだ。クリスマスの慰めを求めているだけだ、それだけなのだ。彼女が学生だった当時、社会のルールに背く関係は情熱的だったが、彼女を心から愛したことはなかった。別れるとき、彼女に核心を突かれた。彼女の方から関係を断ったのだが、そのとき、こう言われた。「あなたの頭の中にいる女性には勝てないの、キャム。彼女が現実にいるのかどうかも知らないけどね」

人の気配がしたので振り向くと、ヴィクトリアが寝室の戸口に立っていた。ふだんは生き生きした顔が困惑し表情を失っていた。彼と同じく、二人が抱き合っているところが目に浮かんだかのようにベッドを見つめている。

ウィンターに見られているのに気づき、彼女は視線を上げた。

「なんて言ってきたんだ?」ウィンターはたずねた。「きみのアシスタントは? どう言っていた?」

「彼女の痕跡はまったく見つからなかったって。警察とまったく同じ。わかっている最後の住所《LKA》に電話は通じない。ゼロ。そこで州に連絡をとった」

「学校は。大学だ。修士号を取得した大学院」

「そこには彼女の記録がなかったの。だから文学士号《BA》をとったウィリアムズに連絡した」

「やはり記録がなかった」ウィンターは言った。

「筋が通らないのよ。小学校での指紋照合——犯罪歴照会——ではパソコンに記録が出てきたの。だのに、どうして大学のファイルには何もないの?」ふと、彼女の視線はさまよっていき、少し離れたところにある目に見えないものを見つめた。それから我に返ったかのように、またウィンターに視線を戻した。

「これって何を意味するの、キャム?」

「ジェニファー・ディーンは存在しないという意味だ」ウィンターは言った。「これまで一度も」

第二部　さまよう心

　それ以降、俺は毎年ミアの家でクリスマスを過ごした。つまり、シャーロットと一緒にクリスマスを過ごした――少なくとも、俺はそう考えていた。

　いつも同じだった。同じ感傷的な音楽。《きよしこの夜》、《ひいらぎかざろう》。アルバートとツリーを手に入れるために出かける。正面の部屋に電飾を吊るす。電車セットを並べる。小さなクリスマスの町を機関車が通り抜けていくようにセットする。火をおこす――自分で火をおこせたときは、いつも誇らしさでいっぱいになった。

　クリスマスイヴには必ず教会に行った。一、二年の間、少なくとも十二月になると、いくぶん神秘主義的で宗教的にすらなった。そのことで母親は取り乱した。友人たちに何て言われるかしら？　それからミアと姉のクララとシャーロットが作るすばらしいペストリー。食べ物の匂いが家じゅうに漂い、オーヴンの熱が家に温もりを与えた。そういう場所にいると、誰だって信仰心を持つものだ。炉辺でのアルバートの幽霊譚、パイプの香り、うっとりと彼を見上げているシャーロット。

毎年、まったく同じだった。そして俺はそれを心から気に入っていた。ほんの少しでも変わってほしくないと思っていた。おかしなものだ。若いときは、常に物事が変わることを望む。大人になりたい。新しい場所に行きたい、新しいことをしたい。だが結局、クリスマスのように常に変わらぬものをいちばん愛するのだ。

だが、もちろん、俺のクリスマスにはひとつの変化があった。おもに人々が――俺たちが。とりわけ俺たち子どもが。成長したのだ。シャーロットは成長した。一年ごとに。彼女がどんなに美しくなったか、言葉では言い尽くせない。

彼女に初めて会ったときから、俺は恋に落ちた。俺は七つ、彼女は九つだった。俺は母親がいないも同然の男の子で、彼女の方は生真面目な小さな主婦。ゲルマン的なブロンドのお下げ髪、青い瞳には母性的な深いやさしさをたたえていた。クリスマスばかりか一年を通じて、ときどき彼女と会った。シャーロットがミアといっしょにわが家を訪ねてくるか、俺がミアの家に泊まりに行った。そしてクリスマスには、長い時間をいっしょに過ごした。少なくとも一週間、ときには二週間も。だが実際には、彼女はいつも俺といっしょだった。つまり心の中で、という意味だ。初めて会った日から、俺の理想の女の子になった。離ればなれでいるときも、彼女はすぐそばにいて、俺を見守っている気がした。勇敢な行動を見せたら——学校のいじめっ子とけんかしたり、自転車に乗って大きく跳ねたり、野球場でヒーローになろうとしたり、ともかく何をしようとも、すべては目に見えないがそばに浮かんでいるシャーロットの魂を感心させるためだった。「永遠なる女性はわれらを導き高める」（ゲーテ『ファウスト』より）
いつ新しい要素が二人の関係に入りこんできたのか、いつ小学生のあこがれが別のものに変わったのか、正確にはわからない。俺が十二か十三で、彼女が十四か十五だったときの不快な——きわめて不快なその時期のことはよく覚えている。その頃、彼女は若い女性になりつつあった。相変わらずツンとすまして堅苦しく、機知に富み、やさしくからかうのが好きで、母親らしくふるまっていたが、もはや女性を模倣する女の子ではなく、女性そのものだった。しかも、子どものときはミアの磁器の人形みたいだったが、今や肉体を持つ天使だった。もしもシャーロットが存在していなくて、彼女を創造しなくてはならないとしても、絶対にそのままの彼女を創っただろう。彼女はクリスマスそのもののようだった。俺はまったく変えたくなかった。

　失礼、話が逸れてしまった。ようするに彼女は俺がまだ男の子だったときに、若い女性になったのだ。そしてある日、俺はもはや男の子でもなくなった。つまり、実際には男の子だったが、初めて射精を経験したのだ、あの最初のせっぱつまった炎を。

　というわけで、これ以上ないほど報われない惨めな状況になった。理由はおわかりでしょう。彼女は俺をまだ子どもだとみなしていたからだ、最初のクリスマスのとき、幽霊話に怯えていたので慰めてあげた男の子のままだと。クリスマスクッキーを天板に並べたあとで、ボウルの練り生地をなめたがる子どもだと。実際、いまだに生地のついたボウルを渡してくれた。そして、俺もそれを受けとった――クッキーの生地が大好きだったから。それに、俺が木のスプーンで生地をこそげ、スプーンをきれいになめとっていると、彼女は横目でその様子を窺って、子どもを見守っている母親みたいにこっそり笑みを浮かべていたんだ。だが、そうやって、生地をなめている間じゅう、俺は両腕で彼女をぎゅっと抱きしめ、テレビでやっているみたいにキスしたらどんな感じだろう、と想像していた。物理的な視点からはまだちゃんと解明できていない口と舌と手の謎めいた動きについて、夢想していたのだ。

さらに彼女はこんなふうに言った。「このごろ、すっかり大きくなったのね、坊や……」ドイツ訛りはなかったが、独特のドイツ風のしゃべり方をした。その声に俺の心臓は跳ね上がったものだ。また、こんなふうにも言った。「もうこんなに大きいけど、砂利道でころんで膝をすりむいたときは、泣き止むまで三十分も本を読んであげなくちゃならなかったっけ。今でも覚えてるよ。あんたも覚えてる?」ああ、拷問みたいだった。こっちは手を伸ばしてセーターの胸のふくらみに触れたらどんなだろう、と考えていたのに――彼女の頭の中では俺はまだ七つだったんだ。「あんたも覚えてる、坊や?」

やがて俺が十五歳になる年が来た。十五歳だったクリスマス……俺の人生に辛いできごとが、苦悶に満ちたできごとが起きた。撃たれたのだ。刺されたのだ。その傷はいまだに残っている。醜い傷痕が。俺は瀕死の状態で外国の町の通りに放置された。見つけてくれる友人もなく、家に帰ることもできずに。

そのクリスマスほど辛かったものはこれまでにひとつも、ただのひとつもなかった。

なぜならシャーロットにボーイフレンドができたのだ。想像がつくでしょう。まあ当然、いただろう。彼女は十七歳だった。グリム童話から抜け出してきたみたいな目もくらむほど美しく愛らしいドイツ人の妖精だった。彼女を手に入れようとして、少年たちが列をなしていたにちがいない。当然、彼女はその一人を選んだ。女の子なら当たり前だ。

マイケルという名前だった。二十年以上前のことだが、彼のことは忘れたことがない。目の前に立っているみたいに、いまだに彼の姿をまざまざと思い浮かべることができる。長身でひょろっとして馬みたいな長い顔をしていたが、ハンサムと言えなくもなかった。礼儀正しく、頭がよかった。少年らしい自信にあふれていた。フットボールチームのメンバーだったと思う。そのクリスマスシーズンは、ほぼ毎晩、シャーロットは彼とダンスやパーティーに出かけていた。だから俺はミアとクララとアルバートといっしょに子どもみたいに家で過ごす羽目になった。みんなとソファにすわって、テレビのミュージカルアニメのクリスマス番組を観なくてはならなかった。〈フロスティのウィンター・ワンダーランド〉とか、そういうくだらないやつだ。その間じゅう考えていた。二人は何をやっているのだろう、マイケルとシャーロットは？　彼女は彼とキスをしているのか？　俺が触れたいと思っているのと同じように、あいつは彼女に触れているのか？　彼女がそんな真似をさせるわけがない、と自分を安心させようとした。俺のシャーロットはちがう。相手が頭がよくて礼儀正しくハンサムでフットボールのヒーローで、もう十七歳だから、という理由だけで自分に触れることを許すような尻軽女じゃない！　俺は実に憐れな子どもだった。

ときどき二人は——若いカップルは遅くまで外出していた。俺はもう寝なくてはならなかった。最初のクリスマスのように、眠れぬままベッドで寝返りを打っていた。ただ今回はナイフに突き刺されている気がした。ナイフのベッドに横たわり、胸にいすわった嫉妬の小人にぐいぐい刃に押しつけられているみたいだった。マイケルが車に轢《ひ》かれますように、と神に祈った。それが俺の特別なクリスマスの祈りだった。マイケルを車で撥《は》ねてください、主よ、お願いします。といっても、彼に死んでもらいたいわけではなかった。彼は轢かれ、俺が心肺蘇生法《CPR》で彼を生き返らせるところを想像した。あるいは、自分の命を危険にさらして、間一髪のところで彼を突き飛ばして救う。そして振り返ると、シャーロットの目に理解が閃くのが見える。実は彼女が愛していたのは俺だということ。俺がもう男の子じゃないと気づいたのだ。俺こそが彼女のヒーローだと。

一年間ずっと、俺はその惨めなクリスマスのことを考えていた。十五歳から十六歳。その一年で俺は童貞を失った。テス・ハッチンソン。女の子たちは誰が最初に俺をベッドに連れていけるか賭けをしていたようだった。誰にもできそうにない、とでも思っていたのだろうか。ただ誘ってくれればよかったのだ。テスは誘ってきた。彼女も美人だった。だが俺は彼女と過ごしている間はほとんど、目をつぶってシャーロットといっしょだというふりをしていた。それでも、少なくとも謎は解けた。少なくとも俺は知った――ついに全身で知ったのだ――自分が求めていたものの正体について。そして、その冬が来て、クリスマスが近づいてきたとき、俺は決意した。これ以上、この苦悶に耐えられなかったからだ。とうてい無理だ。そこで決心した。このクリスマスにシャーロットに会い、二人きりになれたらキスしよう、と。

今実行するか、永遠に実行しないかだ。シャーロットが大学に行く前に自宅で過ごす最後のクリスマスだった。遠くに行くわけではなかったが、それでも彼女は別の世界に行ってしまう。それは理解していた。これまで経験したことのない大学という世界が開けるだろう。男子学生がいるだろう。すでにマイケルは去った。関係は終わったのだ。しかし、新しい洗練された男子学生たちがいる。だから俺はこんなふうに考えた。俺が十三で彼女が十五のとき、俺はまだ男の子で、彼女は女性になりかけていた。それがどんなに屈辱的だったか、いまだに忘れられない。だから、ただ待っていれば彼女は大学に行き、また同じようなことになるにちがいない。俺が十七になったときには、彼女は大学というこの新しい大人の世界にいて、俺には手が届かなくなっているだろう。だから彼女への愛を表明するなら、今でなくてはならない。まちがいなく窮余の策だったが、失うものなんてないだろう？　行動に出なくてはならない。彼女を愛する苦痛にはもう耐えられない、こんな形は嫌だった。

想像できると思うが、俺にはこの計画しか思いつけなかった。毎年恒例のクリスマスの訪問でミアの家に着いたとたん、機会を探しはじめた。彼女のキスを盗むことにすっかり取り憑かれていたせいで、その年、シャーロットがぼんやりして悩んでいる様子なのにも気づかなかった。彼女はいつも真面目な少女だったが、いつもやさしくウィットに富んでいた。ただ今年はひそかな悲しみに暮れているようだった。一度、俺がいきなり彼女の部屋に入っていくと、すばやく読んでいた本を隠した。タイトルは見えなかったが、表紙の絵だけが一瞬目に入った。黒、赤、黄色のストライプの地に、中央にコンパスのようなものが描かれていた。ずっと後になって、それが東ドイツの国旗だということを知った。彼女が故国について、その独裁国家について真実を知るに至ったということを俺が理解したのは、何年もたってからだ。つまり、市民は秘密警察《シュタージ》と何万人もの内通者に怯えて暮らしていたこと。そして数々の疑問が——それまでどうにか抑えつけてきた残酷な疑問が、彼女の頭の中で形を取り始めていたのだ。

しかし当時、シャーロットの心情も悩みも、俺の十代の自己中心主義の鎧《よろい》を貫くことはできなかった。彼女が読んでいた本についても、苦悩に満ちた沈黙についても、何も思わなかった。俺の頭にあったのは、いつ、どうやったら、彼女のキスを盗めるか、それだけだった。

ほぼ偶然にチャンスを手に入れた。一瞬の閃きによる偶然だ。そんなふうにチャンスが訪れなかったら、実行する勇気が出たかどうか怪しいものだ。

シャーロットと俺はクリスマス直前に買い物をするためにショッピングモールに行った。実際は彼女がショッピングモールに出かけると言ったので、俺もいっしょに行くと申し出たのだ。いちかばちかの筋書きの糸口をつかめるかもしれないと期待したからだ。

まだ俺は運転免許を持っていなかったので気まずかった。シャーロットが運転し、俺は助手席にすわり、またもや彼女は小さなお母さん、俺は男の子という図式になった。もう今では成長して彼女よりもずっと背が高い、と必死に自分を励まさねばならなかった。そしていっそう決意を固めた。頭の中はそのことでいっぱいだった。きっかけを探していた。

帰り道に、パン屋のトラックとすれ違った。トラックの横腹に店名が書かれていた。〈ジェニーヴァ・ベーカリー〉。

シャーロットは通り過ぎるトラックにちらっと目を向けてから、俺に言った。「以前、うちの家族はあそこに住んでいたって知ってる？　ジェニーヴァに？」

だから答えた。「いや。そうだったの？」ジェニーヴァはその道沿いにあるふたつ先の町だったが、俺は行ったことがなかった。

シャーロットは言った。「そう。初めてアメリカに来たとき、そこに小さな家を借りていたの。半年だけだったけど、父さんが仕事についたので、今のところに引っ越すことができたんだ。その当時のことは全然覚えていない。赤ん坊だったから。でも父さんに写真を見せてもらったことがある」

そのとき、俺は閃いた。「ねえ、そこに行ってみようよ。その家の場所を知ってる？　行って、見てみよう。おもしろそうだ」ご推察どおり、俺はこう考えていた。絶好のチャンスになるかもしれない。ジェニーヴァに行き、車を降りたら――並んで立っていれば――彼女の昔の家を見物し、クリスマスと郷愁を感じ――道路から少しひっこんだ場所で――ミアやアルバートやクララや、とにかく二人を知っている誰にも見られない場所に立っていれば、勇気が出るかもしれない。チャンスをものにできるかもしれない。

シャーロットはその思いつきを気に入ったようだった。「何年も家を見たことがなかったの」彼女は言った。「ほとんど忘れかけてた」彼女は時間があるかどうか腕時計を見た。「ほんの二十分の距離だものね。家の場所も知ってるし」

俺は彼女をせっついた。「行こうよ！」

すると彼女は言った。「見に行ったらおもしろそうだね」

ちょうどそのとき、パン屋のトラックが俺たちの前方で曲がって幹線道路に続く傾斜路に入っていった。衝動に駆られたようにシャーロットはハンドルを切り、そのあとに続いた。

とたんに俺の心臓は胸の中で激しく鼓動を打ちはじめた。神の導きとすばやい機転のおかげで、チャンスを生み出したのだ。あと必要なのは勇気だけだった。

ジェニーヴァに入ったとき、雪がちらつきはじめた。芝生はすでに白いものにうっすらと覆われていた。シャーロットは町はずれの袋小路の突き当たりに建つ、みすぼらしい下見板張りのコテージの前に車をつけた。その家は家族どころか一人暮らしの人間がかろうじて住めるぐらいの大きさしかなかった。タール紙の屋根の縁に沿って、色つき電飾がわびしげに吊り下げられている。猫の額ほどの芝生と散らばっている安物の芝生用家具に、雪が美しく積もっていた。家の裏手は急勾配になっていて、手入れのされていない冬の森が見えた。通常はたいした風景ではなさそうだったが、雪が枝々を飾っていると、少なくとも休暇のロマンスの雰囲気がかもしだされていた。

「ああ、あれを見て」シャーロットがひとりごとのようにそっとつぶやいた。その口調に俺は希望を抱いた。俺が彼女に願っていたのはそういう気分だった。

俺は車から降り、彼女が続くのを待った。そう、まちがいなく彼女は俺の後をついてきた。だから肩を並べて立った。二人とも冬のコートのポケットに手を入れ、その場所を眺めた。

俺は口を開いた。「よく家族全員であそこに住めたね。きみとお父さんとミアとクララで」

彼女は首を振った。

家の中は暗かった。誰もいないようだ。道を通る車もない。その場ですぐに行動に移してもよかったのだが、シャーロットを人目のない場所に移動させるべきだと本能的に感じた。だから、もう少しあたりを見ようとでも言うように、ぶらぶらと家の裏手に回っていった。小さな森まで来ると、斜面との境に立った。

もちろんシャーロットは俺のかたわらにやって来た。彼女は信じられないぐらい魅惑的だった。頬は寒さでピンクに染まり、かわいらしいグリーンのフェルトのベレーをお下げ髪に小粋にかぶっている。再び並んで立つと、彼女の肩が俺の肩に触れた。長い間、二人とも黙りこくっていた。俺の鼓動は猛烈に速くなり、心臓が爆発するんじゃないかと思ったほどだ。自分の求めているものがすべて手に入るかどうかは、次の瞬間にかかっている、と感じた。たしかにそうだった。

ついに俺はたずねた。「何を考えているの?」

すると彼女はこう答えた。「少し悲しいの。来年、家を離れて大学に行くから。家族を置いて。父さんを。わくわくしているけど、ときどき悲しくなるの」

そこで俺は言った。「シャーロット」どうかしたのだろうか、とシャーロットがこちらを見るような声音だった。そこで実行に移した。不器用に彼女の肩をつかみ、かがみこんで唇を彼女の唇に押しつけた。

彼女はキスを返してこなかった。口は閉じられたままだった。だが、身を引くこともしなかった。それに、最初はびっくりして体をこわばらせたが、次の瞬間、腕の中でリラックスするのが感じられた。たちまち彼女の唇からも力が抜けてやわらかくなり、俺の胸には彼女への思いがあふれた。

シャーロットが体を離そうとしているのが感じられたので、俺も下がった。反応を探りたくて目の奥をのぞきこんだ。彼女は俺を見捨てていなかった。そのことは表情から見てとれた。一瞬驚いたものの、すぐに理解してくれたのだ。そして口元にうっすらと笑みが浮かんだ――やさしさと穏やかな喜びがこめられた笑み――俺の心の秘密をすっかり見抜いたからだ。

そのとき彼女に拒絶されていたら、俺は絶望に沈んだだろう。憐れまれたら、二度と立ち直れなかっただろう。しかし、彼女の目と顔に読みとったものは願っていたような激しい情熱ではなかったが、越えられない障害でもなかった。彼女の表情はこう言っていた。「今はだめ、でも、いつか」彼女への愛情は今はまちがっていた――運命の分かれ目となる一瞬が過ぎた今、俺ですらそれを感じた。俺は若すぎた。彼女は新しい生活を始めようとしているところだ。今は二人にとって望ましい時期ではない。だが、そういうときはいつか来るだろう。おそらく。可能性はあった。彼女の表情とまなざしが、そうしたすべてを伝えていた。

彼女は手袋をはめた手を伸ばして、俺の頬にそっと触れた。「ああ、やさしいのね」彼女は言った。俺は彼女の手をつかみ、わきあがってきた感謝をこめて自分の顔に押し当てた。

俺にしろ、彼女にしろ、次に何を言うことになったのかはわからない。というのも、どちらも口を開かないうちに、あることが起きたからだ。彼女が何かに目を引かれたのだ。彼女の視線が俺から逸れ――背後の木々に、背後の斜面の下へと向けられた。

そして言った。「驚いた。あれを見て」

振り返って俺が見たときには、すでに彼女は歩きだし、斜面を下りていくところだった。俺も彼女が見たものを目にし、あとに続いた。

丘の下には教会があった。小雪と冬の木々の枝を透かして、教会の輪郭が見分けられた。彼女と同じように、その場所は知っていた。アルバートの話で出てきた教会だったからだ――最初のクリスマスで聞かせてくれた、ドイツの町で出会った女の子の幽霊譚に出てきた教会。彼は四角い塔のある教会について、とても詳細に語った。塔は上に行くと円形になっていて、てっぺんに錆で緑色になった真鍮の円錐形の尖塔がのっている、と。見間違いようがなかった。まさに幽霊の墓、アデリーナ・ヴェーバーという名前が刻まれた墓がある場所に建つ教会だった。

シャーロットは俺を見た。「見える？」

俺はうなずいた。

彼女は言った。「行ってみよう」

シャーロットは先頭に立って斜面を下っていった。俺はその後をついていった。

実を言うと、そこで何を見つけるかにはあまり関心がなかった。それよりも、さっきのできごとがうやむやになったのでほっとしていた。キスのあとの重苦しい雰囲気から逃げ出せてうれしかった。シャーロットのあの表情は俺にとって、すばらしい贈り物、宝物だった。不用意なことを口にして、それをだいなしにしたくなかった。

そうやって雪の積もった木々を避けながら丘を下っていくと、下り坂のせいでスピードが出た。森から出て数歩進むと、古い教会の鉄のフェンスにぶつかった。手すり越しに墓地をのぞく。まさにアルバートが幽霊譚でしたように。

「ここでお父さんはアイディアが浮かんだんだよ」俺は言った。

「うーん」シャーロットはそれしか言わなかった。

とまどっているのが察せられた。彼女をそっと窺ったが、頭の中で何を考えているのかは読めなかった。でも、何かピンときたのだ。そこに立っているときに、彼女は何かに気づきかけていたのだ。

やがて、きっぱりした生真面目な決意を漂わせ、シャーロットはフェンスの小さな門に歩いていった。門を開け、墓石の間に歩を進めていく。俺もついていった。

「どうしたんだ、シャーロット?」

彼女は返事をしなかった。墓石から墓石へ、何か目的があるかのように移動しては名前を調べている。嘆きの天使像の下を通り過ぎた。天使は僧帽をかぶった頭をうなだれている。シャーロットは片手を小さな墓石に滑らせた。そして、雪をかぶった墓石のひとつで足を止めた。

俺が彼女のそばに歩み寄ったときには、雪は激しくなっていた。そびえ建つ教会の黒々とした輪郭を見上げると、胸のうちに不快さとそこはかとない不安が湧きあがってきた。まるでシャーロットの父親が何年も前に話してくれた、あの幽霊譚の中に足を踏み入れてしまったかのような超自然的な不気味さを感じた。

俺は彼女と並んで立ち、彼女の視線をたどり、その墓石を見下ろした。アデリーナ・ヴェーバーの名前が刻まれているのだろう、と半ば予想していた。

しかし、ちがった。そこにある名前はエミリア・シェーファーだった。

「何なの？」俺はたずねた。「これは誰？」

「母さんよ」シャーロットは墓石を凝視しながら、そっと言った。

「きみのお母さん？　こっちに来る前に亡くなったんだと思ってた」

「うん。あたしも。父さんがいつもそう言ってたから」

二人で顔を見合わせた。彼女の心の内にどんな思いが巡っているのかは知るよしもなかった。だが、それは突然降ってわいた問題ではないという気がした。彼女がしばらく前から抱いていた、おぞましい疑惑を巡る推論や確認の長い鎖における最後の輪だったのだ。

シャーロットはぐいっと頭をもたげた。その目は冷たかった。

ただし、口に出してはこう言っただけだった。「あたしはずっと嘘をつかれていたのね」

八章

「そろそろ時間切れですよ」マーガレット・ホイッティカーが言った。

彼女はキャメロン・ウィンターをじっくりと観察した。そのときまで口をはさまず、ずっと彼に語らせていた。自分の話を語りながら、彼はどうやら一種の追想にふけっているようだった。彼の心はシャーロットとともに過去にいた。マーガレットの声に、彼ははっと我に返った。まるで夢から起こされたかのように。

彼が現実に戻ってくる間、マーガレットは沈黙を保っていた。その何秒かに、マーガレットはかつての少年の面影を見ることができた。ペンティメント（絵画で修正前の下絵が透けて見えるようになった状態）さながら、現在の彼を透かしてそれがはっきりと見てとれた。その孤独な男の子に対して、マーガレットは母親らしい同情がわきあがった。そのせいで自分自身の息子のことが頭をよぎった。遠い土地で失意と不満を抱えて暮らしている息子。自分自身の中のそういう感情を認識し、それがクライアントに対する見方をゆがめていないかを確認することも仕事の一部だ。とはいえ、ウィンターの顔に浮かぶ渇望のせいで、自分の息子のことを悔恨とともに考えずにはいられなかった。

「この話は次回に持ち越さないといけないようです」ウィンターは言った。「先生をひどく退屈させていなければですが」

彼女は経験を積んでいたので、その餌には飛びつかなかった。代わりにこう応じた。「興味しんしんですよ。話の途中で、あなたは撃たれたと言っていましたね。刺されたと。なぜ？　外国の町の通りに瀕死の状態で放りだされたとも言っていた。どうしてそんなことが起きたんですか？」

彼の不意を突いても、マーガレットはあまり満足できなかった。落ち着きなく彼が椅子ですわり直す様子をかすかにおもしろがりながら眺めた。

「それが知りたいことですか？　俺が初恋についての話を洗いざらい語ったときに、先生が訊きたいのはそのことなんですか？」

「本当はそのことについて語りたがっているんだと思うわ、キャメロン。それがずっとわたしに伝えたがっていたことだと思う」

彼はくだらないと言わんばかりに顔をしかめた。「本当に？　俺があなたに話したいのはそのことだと？　シャーロットのことではなく？」

マーガレットは微笑んだ。彼女をはぐらかそうとしていることが彼自身にもやっとわかったのだ。

「あなたは英文学の教授でしょ」彼女は言った。「物語の構造的な複雑さについては充分に理解しているはずです。あなたは幽霊譚を聞かせてくれた男について語った。でも、それは実は彼の亡くなった妻の話だった。となると、なんらかの形で妻の死が彼に取り憑いていると推測される」

「そうです」ウィンターはその指摘を認めた。「ええ、そうだったんです」

「すると、あなたが話してくれたのは実は別の話だった、ということ自体が、実は別の話ってことになるわね」彼女はこれは二人だけの冗談よ、と言わんばかりににやっとしてみせた。

だがウィンターは笑い返さなかった。「別の話とは？」

マーガレットは冗談めかしてウィンターをにらんでみせたが、それは思っていた以上に母親らしい仕草になってしまった。まるで子どもがちょっとしたごまかしをしていることを見抜いた忍耐強い母親みたいだ。「それを質問しているんですよ、キャメロン。あなたは自分を悩ませている何かについて、わたしに語ろうとしてると推測しているんだけど。そうでしょ？　あなたを落ち込ませる何か。あなたを……どういう言葉を使ったんだった？」

「覚えているはずですよ」ウィンターは不機嫌に答えた。

「ええ、覚えてます。憂鬱。あなたを憂鬱にするもの。毎日毎日、と言ったと思う。で、それは何なの？　何が心にのしかかっているの？　なぜ撃たれたの？　どうして刺されたの？　なぜ外国の町の通りに瀕死の状態で放置されたの？」

「もう時間切れだと思ったが」ウィンターは腕時計を見た。「時間切れです。もう過ぎてます」

「それを話す時間ならありますよ、よかったら」

キャメロンは小さく息を吐いた。マーガレットはまたもや彼の美しさに打たれた。ルネッサンスの天使みたいな顔。この悲しい人生では、神から与えられたすばらしい資質が心からの望みをかなえるのに役立たないことが往々にしてある。そのことにも、改めて胸をつかれた。金儲けのコツを知りたいと願っている芸術家を面接したことがあるし、ずっと芸術家になりたかった億万長者のクライアントもいた。そして、今目の前には、魅力的で人好きがして口が達者で、人生のパートナーを見つけるのに何の苦労もしないはずの男がいる。それでも彼は自分の孤独の中にひきこもり、子どものときから探していた愛を見つけられずにいた。

「あなたに話したくないと言ったら?」ウィンターはすべてを笑い飛ばそうとしているみたいだった。

「俺が話したがっているとあなたが考えていることを言いたくないとしたら?」

「だったら、わたしには知る術《すべ》がないでしょうね」サイコセラピストは言った。

彼はうなずいた。心の中で苦笑しながら、長い間無言でうなずいていた。それからタン色の絨毯に視線を落とし、感情のこもらない声で淡々と告げたが、なぜか深い悲しみが伝わってきて、マーガレットの胸の奥がズキンと疼いた。

「俺はたくさんの人たちを殺してきたんです、マーガレット」

すると自制しようとする前に、言葉が口から飛び出していた。「ええ、そうよね。わかってます」

九章

ショッピングモールに入っていったとき、ウィンターはサイコセラピーのせいでまだ動揺していた。それでも、彼を迎えてくれた滑稽な場面に感謝しないわけにいかなかった。店先を通り過ぎていく買い物客の列を縫って歩いていくと、〝スタン＝スタン〟ことスタン・スタンコフスキがサンタクロースのすぐ前に立っているのが目に入った。サンタクロースというのは、背後のデパートのウィンドウに飾られた等身大の機械仕掛けの人形で、クリスマスツリーの隣の暖炉のそばに置かれていた。袋から何度も何度もプレゼントを取り出している。ホーホーホーと笑いながら。スタン＝スタンは潜入捜査専門の連邦捜査官だ。寒い戸外に立っていることを不快に感じているようだった。近くに娼婦はいなかった。

　大半の覆面捜査官と同じく、スタン＝スタン・スタンコフスキは、卑劣な精神そのものでできていた。自分の経験に基づいて演技する俳優《メソッド・アクター》が役に取り組むみたいに、毎回、新しい案件に取り組んだ——それはうなずけることだ。実際の彼の人生と、頭の中で常に放映されている想像上のテレビ番組での彼の人生、このふたつは分かちがたかったからだ。今は刺激的な任務を与えられ、人身売買をしているバイクギャング団に潜入していた。下準備のために百七十センチちょっとの体にかなり肉をつけ、もじゃもじゃの白い顎鬚をたくわえたところだった。レザージャケットのポケットに両手を突っ込んで背を丸めて立ち、黒い毛糸の防寒帽をぼさぼさの眉毛が隠れるほど深くかぶり、黒ずんだニキビ痕だらけの顔に不敬な怒りを浮かべている。その姿は、まるでサンタの邪悪なふたごみたいだった。

ウィンターは彼のかたわらに近づき、ウィンドウを眺めているふりをした。スタン＝スタンは誰かを待っているふりをしている。

「顎鬚を生やした男のうち、どれがあんたなのか一瞬、わからなかった」ウィンターは言った。

スタン＝スタンは鼻を鳴らすと、クリスマスシーズンとは相容れない言葉をきっぱりとつぶやいた。「くそったれめ、何が望みだ?」彼は通り過ぎる買い物客に向かって言った。「今は英文学の教師だか何かだと思ったが」彼は牽引トラックみたいな声をしていた。今にも爆発しそうな低いガラガラ声だ。

「たしかに英文学の教師だ」ウィンターはウィンドウのガラスの向こうで動いているサンタクロースに向かってつぶやく。「キーツの『ハイペリオン』における古典への言及について、シェリーの『鎖を解かれたプロメテウス』と比較し、あんたの意見を聞きたいと思ってね」

「俺は命を危険にさらしてるし、さらに悪いことにケツが凍りついてるんだ。なのに、おまえはアホらしいジョークを言うのかよ」

ウィンターは顔をしかめた。だがスタン＝スタンの言う通りだ。ここはとてつもなく寒かった。

そこで要点に入った。「スイート・ヘヴンのヴィクトリア・グロスバーガーという弁護士の仕事をしているんだ。彼女は殺人被害者の背景を調べている、名前は――」

「ああ。ジェニファー・ディーンの事件だろ。知ってる」

「あんたの得意分野だと思ってね」

「バレリーナみたいな顔をした男がよくそんな推測をするもんだ。いつも不思議でたまらんよ」

「ヴィクトリアは被害者の背景を調べたが、はぐらかされた。というか調べたのはアシスタントだが。彼女以前には、警察も同じように何もつかめなかったらしい」

「悲しい話だ」

「ディーンが何者だろうと彼女はもう死んでいる。情報が公開されて、どんな問題があるんだ？」

「わからん。俺の担当じゃないんでね。たぶん秘密を守ろうとしているんだろう」スタン＝スタンは言った。

「筋が通らない」

「まあ、そうだろ。政府の仕事だからな。どんなもんか、おまえなら知ってるだろ」

ウィンターは低く笑った。ウィンドウのサンタクロースもホーホーホーと笑った。袋からプレゼントを取り出したが、さっき取り出したのと同じプレゼントにちがいない。サンタはマンネリになっているようだ。

ウィンターは肩越しに振り返った。スタン＝スタンはその視線を横目で受け止めた。その目は彼の他の部分同様、いかれていたが、目の奥にはすごいユーモアの輝きがあった。

「わかった」彼は言った。「電話してみるよ。そのなんていう名前だったか……」

「ヴィクトリア・グロスバーガー。国選弁護人なんだ。アシスタントの名前はアダム・ケリー」

「了解。小耳にはさんだところだと、元々は西海岸の出身らしいな。局内ではちょっとピリピリしているが、どうしてなのかはよくわからない。だが、探れそうなことがあればほじくり出してみる」

「ありがたい。それから、俺のことは内緒にしておいてくれ」

「おまえが存在しないふりをしとくよ。その方が、夜ぐっすり眠れるからな」

「あんたは本物のサンタクロースだよ、スタン＝スタン」

スタン＝スタンの返事はまったくサンタらしからぬものだった。一瞬の後、彼は買い物客にまぎれて姿を消していた。

十　章

トラヴィス・ブレイクの妹、メイはキャメロン・ウィンターがそっけなく「ビッグ・シティ」と呼ぶ都市に住んでいた。首都から車でわずか一時間半の距離だったが、そこはまったくの別世界だった。

ウィンターはビッグ・シティを心から嫌悪していた。水辺の摩天楼は空虚な輝きを放っているが、日が落ちて暗くなると中心部には誰もいなくなった。労働者たちは郊外に散らばる住宅地のわが家へと、そそくさと帰っていった。堂々たるタワーや革新的なアートシアターや古典的なオフィスビルは大洪水の生存者さながら、毎晩、背を丸めて歩道をあっちへこっちへとうろつくホームレスたちを見下ろしていた。かつてはりっぱだった住宅地では、手入れされていない芝生と家の間のひび割れた舗装路を風に吹き飛ばされたゴミがころがっていった。その家の窓ガラスは割れ、屋根はたわんでいた。ここでは貧しい人々の大半が黒人だ。残りの貧者はあまりにも顔が青ざめていて、白人というよりも病人だった。この都市が発散しているものすべてが、ウィンターの神経を逆なでした。

どんよりと曇った空の下、ウィンターはビッグ・シティに車を走らせた。雪になる予報が出ていた。

まだセラピーのことで動揺がおさまらない。車の中で一人、自分自身と向き合っていると、いっそう心がざわついた。マーガレット・ホイッティカーに真実を告白したときの自分の声が頭から離れなかった。悲哀と苦悩に満ちた子どもっぽい自責の念。俺はたくさんの人たちを殺してきたんです、マーガレット。本当に彼はそれについて語ろうとしていたのだろうか？　シャーロットのことではなく？　死者たちのことだけ？　いや、ちがう、死者全員のことではなかったのでは？　一人だけだ。自分自身をどうしても許せなかった殺人のこと。

そもそもマーガレットに会いに行かなければよかった、と後悔した。マーガレットとのやりとりすべてを頭から消し去りたかった。助手席に置かれているスマートフォンをちらっと見る。ジープのメディアシステムを通してスマートフォンを鳴らしたいと思ったわけではなく、じりじりしていたからだ。一刻も早く、ヴィクトリアから連絡がほしかった。ジェニファー・ディーンの正体について、彼女のアシスタントが発見したことを知りたかった。スタン＝スタンが陰で手を貸してくれているから、それほど時間はかからないはずだ。少なくとも新しい情報によって、ウィンター自身の頭の中の問題が切り替わるだろう。

街の中心部に着いたときはまだ正午だったが、不機嫌な空は夕暮れのようにあたりを暗くしていた。その結果、手の込んだクリスマス・イルミネーションがいっそう明るく、いっそう陽気に見えた。中央公園の広場では、どの木も青や白のイルミネーションで飾りつけられていた。薄暗い背景にうずくまる、くすんだ色をしたつぶれた店まで、反射した光に照らし出されている。

彼は先を進み、メイの家に着いた。彼にとって、それは陰鬱な都市のまさにミニチュアだった。職人の手になるコテージで、かつてはおそらく美しかったのだろうが、今はうらぶれていた。前庭にうっすらと積もった雪から、伸びすぎた芝の緑色の葉先が顔を出している。ポーチの屋根はたわみ、下見板の白いペンキははげていた。建物全体が崩壊しかけている。右側の家は廃屋になったレンガ造りの納屋だ。左側の家は芝生に散らばったガラクタの山のせいで、ほとんど見えなかった。それでも、かつてここは中流階級が住みたがった住宅地だったのだ。

メイの前庭には過激な政治活動の看板があちこちに立っていた。そのスローガンが雪の上で怒りに満ちて訴えかけてくる。窓にもポスターやステッカーが貼ってあった。窓にはシェードがかかっていたが、それは一方に傾ぎ、猫の仕業か、リボンさながらに裂けていた。案の定、猫がいた。しなやかな体つきのグレーの猫で、窓枠にすわり、彼が縁石に車を停め、玄関に歩いてくるのをじっと観察している。

彼がドアをノックすると、妹のメイがすぐに現れた。まるで猫と同じく、彼が来るのを見張っていたかのようだ。聞いていた通りの人だった。小柄で飢え死にしかけているみたいにやせて弱々しい。生まれつきやさしい顔立ちが、かの有名なピアスのせいで蹂躙《じゅうりん》されているようにウィンターには感じられた。鼻の片側にはスチールのスタッド、耳たぶに沿ってスチールのリング。舌のスチールのビーズに、ウィンターは内心怖気《おぞけ》をふるった。髪の毛はまるで基礎訓練初日の兵士みたいに、地肌すれすれまで刈りこまれている。タトゥーは厚手のセーターによってほぼ覆われていたが――というのも、室内は戸外と同じぐらい寒かったのだ――襟の下から這い上ってくる紫色のインクの渦巻きや巻きひげは見えた。

しかし、この娘はブルジョワの生い立ちに対する歩く反旗かもしれないが、礼儀知らずでも不機嫌な人でもなかった。メイは親しみのこもった笑顔でウィンターを丁重に出迎え、使い古しの家具が置かれた暗くて散らかったリビングに案内した。彼女はくたびれたグリーンのソファを手振りで勧めると、親切な女主人のように、お茶はいかが、とたずねた。彼がいただきたい、と答えると、キッチンに消えた。

彼女を待っている間に、ウィンターは窓から裏庭をのぞいた。驚いたことに、そこにはトラヴィスの娘、ライラがいた。彼女は浅い雪の中で、ひょろっとした女性的な外見の二十代の黒人男性といっしょに遊んでいた。二人は向かい合わせに腹ばいになり、二人の間に小さな雪だるまの一団をこしらえているところだった。作業をしながら、楽しげにしゃべりあっている。二人とも幸せそうだった。少なくとも穏やかに見えた。

「あれはジェドだよ」メイが言った。お茶のマグカップふたつを手に戻ってきたところだった。窓の外に目を向けて、にっこりした。「彼とライラはすごく気があうの」メイは彼の前の欠けたコーヒーテーブルに紅茶を置いた。

「彼女は幸せそうだ」ウィンターは言った。

「そうね。子どもは立ち直りが早いから。眠れなくなるとか、そういうことが起きるかもしれないと心配していたんだけど。トラウマのせいで。でも、元気だよ」無言でウィンターがうなずくと、彼女は続けた。「ただ、あの子とは話してほしくないんだ。電話で言ったように、あれこれ質問されたくないから。どっちにしろ、ライラはあの晩、あそこにいなかった。友人の家に泊まっていたの」

「わかってる。それでかまわない。知りたいことは、きみから聞けると思うから」

彼女は彼の向かいの古ぼけた安楽椅子にすわった。布地が破れているのを隠すために毛布がかけてある。二人とも紅茶をすすり、しばらく子どもが遊んでいる様子を眺めていた。

「ライラはここで暮らすことになるのかな？」ウィンターはたずねた。

彼女は唇をすぼめ——無念そうだ、と彼は思った——かぶりを振った。「数日後には名付け親がやって来て、連れていくことになってる。トラヴィスの選択だよ。当然だよね。その人は軍人なの。元レンジャーで、ちゃんとしてる。既婚で子どもが二人。トラヴィスの価値観にずっと近い人。それに事業をしていて、お金があるしね。あたしじゃ、ライラに必要なものを与えてあげられないから」

ウィンターは裏庭の子どもをさらに眺めた。メイの言葉を吟味していた——子どもは立ち直りが早いから——宝石商が本物かどうか鑑定するために石を光に当てて回転させているみたいに、その言葉を頭の中でぐるぐる反復した。

メイの視線に気づいた。彼が目を戻すと、彼女は言った。「それで、目的は——何なの？　あなたが見つけようとしているのは、たとえば情状酌量になるような状況？」

「もっといい言葉が思いつかないので、そう言ってもいいかな。判決を下す裁判官が、慈悲を示す根拠となるような何かだ」

メイは眉を寄せ、考えこみながら紅茶を見つめた。「トラヴィスは慈悲をかけてもらうのにふさわしいってこと?」

「わからない。弁護士はそう考えている。しかし、彼はきみの兄さんだ。きみはどう考える?」

彼女は黙りこみ、すりきれた絨毯に視線を向けながら紅茶を飲んだ。メイはとても若く、とても傷つきやすそうだ、とウィンターは思った。大人のふりをしている子どもみたいだった。彼もお茶を飲んだ。彼女が最初に顔を上げ、低く「ああ」とつぶやいた。そして口を開いた。「たぶんね。多少の慈悲は。一から十まで彼が悪いわけじゃないもの。彼はああいう人間にさせられたんだよ」

「兵士に、っていう意味かな?」

「人間にだよ。人間という意味で言ったんだけど、もちろん、兵士でもある。同じことだよね。彼は教えられた通りに生きたわけでしょ? 愛情イコール所有。愛情イコール支配。そこには暴力が組み込まれている。そういう文化なんだよ」

そのせりふはまるで丸暗記した手垢のついた価値観に思えた。そのあたりはさっさと聞き流したかった。「すると、きみには意外ではなかった?」ウィンターはたずねた。「ああいうことをお兄さんがしたのは?」

「どうして驚くの？　そういう文化なんだもの、今言ったように」

「その文化で育ったみんながみんな、恋人を刺し殺してはいない」

　メイは目をそらして肩をすくめた。

「お兄さんに特定してたずねているんだ」ウィンターは言った。「お兄さんを一人の人間として考えると、彼のやったことは意外だった？」

　メイは眉をほとんど生え際まで跳ね上げた。その質問がそんなふうに繰り返されたことに驚いた、と言わんばかりに。片方の眉にもピアスをしていることに、初めてウィンターは気づいた。眉頭を小さなスチールのビーズが飾っている。舌のビーズと同じく、メイが自分の体にほどこしたことに考えこまずにはいられなかった。

　一瞬、メイはマグから立ち上る湯気の向こうにぼんやりと目をやった。部屋は明るくなかったので、彼女の顔を仔細に観察するのはむずかしかったが、それでもウィンターは目を凝らした。

　ライラの女の子らしい笑い声が戸外から室内に流れこんできた。ウィンターはふいにメイに共感していることに気づいた。彼女の気持ちが痛いほどわかった。彼女はこの家みたいだ、と思った。スローガンやバンパー・ステッカーの決まり文句の陰に隠れた家。メイは家と同じく傷つき放置されているが、かつてはちゃんとしていたのだろう。なんといっても、彼は大学で教えている人間だ。彼にとって、ピアスした舌やタトゥーや挑発的な言葉は、強力な隠れ蓑にはならない。目の前の若い女性は精神的にひどい苦痛を抱えているのだ、と思った。あまりにも大きな痛みなので、人生と取り組み、その複雑さと対決することができないでいるのだ。しかし、彼女の心は気に入った、とウィンターは思った。この女性は親切な心の持ち主だと直感した。

「兄は彼女を愛していた、そのことはまちがいないと思う」ようやく彼女は言った。「だからその意味では、あんなことが起きて驚いたって言えるかな。ただ、ジーンに話すと……あたしのパートナーのジーンね。ジーンに話すと、避けがたいことだって言われた。この文化に住んでいるなら、こういうことになるしかないって。資本主義のせいだって。ジーンはそう言ってる。人間を所有物に変えるんだって。だから、愛は所有権と支配になる……まあ、愛のすべての行為に、殺人がほのめかされているけどね。そうじゃない？」ウィンターを見上げた――期待しているようだった。メイは彼がこのレトリックに賛成してくれることを願っているのだ。ウィンターが賛意を示さず、ただ黙っていると、メイは再び彼の質問とともに取り残された。トラヴィス・ブレイクは一人の人間としてはどうだったのか？　ようやく彼女は小さく言った。「でもトラヴィス個人について考えると……」

　またもや、痛みが顔を出した。さっきウィンターが考えていた痛みが。いきなり、彼女の顔にありありと苦悶が浮かんだ。そのせいで、一瞬、青い目がガラスのようになった。あまりにも苛烈な苦悩だったので、ウィンターは辛くて目をそむけた。

「ちがう！」家に盗み聞きされるのを心配しているかのように、そっとささやいた。「ううん、あれは全然トラヴィスらしくなかった。だって、彼は古くさい人間だったから。伝統を大切にしていた。物事が本来あるべき姿であることを望んだ。わかる？　あたしたちが家にいたときみたいに、子ども時代みたいに。彼が家を出る前みたいに、すべてがはっきりする前みたいに。だけど、兄は――暴力的な人間じゃなかった。あたしにも。それに絶対に彼女にも。ジェニファーにってことだけど」

「きみはジェニファーを知っていたのか？　二人と会ったことがあった？」

メイはうなずいたが、ウィンターにではなく、宙に向かってうなずいたようだった。彼には見えない何かに。「ジェニファーが二人を連れて訪ねてきてくれたんだ。トラヴィスとライラの両方を連れてね。あたしが二人に会えるように気を遣ってくれたんだよ。だから、あの子と――」メイは裏庭の子どもの方に手を振った。「だから、ライラとあたしは知り合えた。パトリシア――ライラの母親でトラヴィスの奥さんね、あの人はそんなことは一度もしなかった。そういうことはまるで考えなかった。それにトラヴィスも、一人じゃ、そういうことを考えつかなかったんだろうな。とりわけパトリシアが死んでから、すっかりおかしくなっちゃって世間と関わらないようになったから。だけどジェニファーは――二人にあたしを訪ねるように勧めてくれた。ときにはライラだけ連れて来たこともあったよ。それにトラヴィスとライラだけで来ることもあった。ジェニファーがいなくても、二人だけでね。でも、それはジェニファーのおかげだった。あの人がいたから、二人は来たの」

「ジェニファーは特別な人間だったみたいだね」ウィンターは言った。

「そうなの！」抑えようとする間もなく、その言葉がぽろりと口からこぼれたように思えた。それから言い直した。「あの人はね、内心を絶対に見せず、伝統的な役割を果たそうとしていたんだよ。トラヴィスの兵士として、家長としての物語にすっかり夢中になっていた。それでも――」彼女は譲歩した。「さっきあなたが言ったみたいに彼女を見れば、ようするに一人の人間として見れば、彼女のことはとても好きだった。あんなことが起きて、本当に残念だよ。心から悲しく思ってる」

ウィンターは同情を浮かべた。実際、同情していた。そうした家族の訪問が、どんなにメイにとって意味があったか伝わってきたからだ。一方には彼女の哲学が――というかパートナーのジーンの哲学が存在した。その短絡的な説明と明快な分類が。もう一方には、彼女の内面世界という現実があった。混沌として、この街のように崩壊し、人々と文化に見捨てられた内面世界が。彼女の言葉を借りれば、それが彼女をこういう人間にしたのだ。父親と母親は彼女を拒絶した。兄は失われた。最初は戦争によって、次に心をむしばむ真っ暗な闇のせいで。そして、またもトラヴィスは、いや、彼もジェニファーも完全に消えた。ジェニファーは死に、トラヴィスは牢に入れられて。ここでメイは一人きりだ、とウィンターは思った。だから、彼女の痛みに共感した。なぜなら彼も孤独だったから。とどのつまり、最後には誰もが一人ぼっちになるように思えたから。人々の心は宇宙をさまよい、過去という耐えがたい惑星から離れ、はるか遠くに漂っていくのだ。

「お兄さんは彼女を愛していた、と言ってたね」ウィンターは言った。「トラヴィスはジェニファーを愛していたと」

宙を見つめながら、メイはぼんやりとうなずいた。

「どこかの時点で、それが変わったのかな？」彼はたずねた。

メイはうなずき続けていたが、その質問が耳に入ったのかどうか、ウィンターにはよくわからなかった。

しかし、ちゃんと聞いていたようだ。彼女はこう答えたのだ。「そうだね。うん。そう思う。何かが変わったんだと思う。変わったのは知ってた」

裏庭からの物音に二人ともはっとして、窓に視線を向けた。ライラと青年は立ち上がり、雪をすくってはふざけて相手に投げつけている。二人とも歓声をあげ、はしゃいで笑っていた。

ウィンターの方が先に部屋に視線を戻した。窓の外を見つめているメイの横顔をじっくり観察する。髪を刈り上げたのは自己を罰しているからだ、と思った。ピアスは自分を鞭打つ行為だ。本来はやさしい顔に、心の内の苦悶がはっきりと刻まれている。よく見ればすぐにわかった。この若い女性は子ども時代の物理的な快適さを失い、両親の受容と愛情を失い、今、家族をひとつにまとめかけていた兄とその恋人を失ったのだ。

彼女のやせた体、ガリガリの小さな体は大きなセーターに呑みこまれかけている——室内は戸外に劣らずとても寒かったのだ。その体を眺めているうちに、ウィンターはいきなり気づいた。ここでは何かがぞっとするほどおかしい、すべてのことにまるっきり筋が通らない、と。

「教えてもらえないかな?」ウィンターは彼女に頼んだ。「トラヴィスとジェニファーの間で何が変わったのか――つまり、何が引き金になって、お兄さんは彼女を殺すことになったのか?」

メイはまたうなずいた。相変わらずぼんやりと。まるではるか遠くにいるか、夢を見ているみたいに。

「わかった」彼女は言った。

十一章

ウィンターはジープに乗りこむなり、ムートンのコートのポケットからスマートフォンを取り出してチェックした。まだヴィクトリアから電話はない。ジェニファー・ディーンの正体についての報告は入っていなかった。横目で見られるように、スマートフォンを助手席に置いた。

エンジンをかけながら、政治関連の看板とステッカーで警護され、雪の間から刈っていない芝草の先端がのぞく朽ちかけた家を見上げた。猫とメイが窓からこちらを見ていた。グレーの猫は窓枠にすわり、メイはその背後に立ち、裂けたシェードを寄せて猫の頭越しにのぞいている。ウィンターはメイを見捨てていくような妙な感じがした。だが、何に対して見捨てていくのか？　そもそも、ここにずっといるわけにはいかない。

ジープのギアを入れて走りだした。ビッグ・シティから一刻も早く脱出したかった。スイート・ヘヴンに向かった。

走りながら、先ほどの話をふりかえってみた。メイが話してくれた場面を想像し、いつものように感情の空白部分を埋めていった。

トラヴィス・ブレイクとジェニファー・ディーンと名乗っていた女性との恋愛は、マッチを二度すったかのように、最初はぎこちなかったが、いきなり燃え上がった。あたかも、いっしょになるべきだと二人とも最初からはっきりわかっていたかのように、手順や段階は一切省略することに無言の同意があった。

娘の誕生パーティー後の土曜日、父娘がスケートパークでローラースケートをしているところにジェニファーは現れて、トラヴィスとライラを驚かせた（これはトラヴィスが妹に語った話で、今、ウィンターはその場面を想像していた）。ライラは司書が来たのを見つけて有頂天になった。リンクから叫んだ。「こっちよ、ディーン先生、あたしを見て！」ライラは四月の木々の下、楕円形のコンクリート製リンクを滑っていった。ジェニファーはスケートパークの柵越しにのぞき、トラヴィスはそれを見つけて彼女の隣に立った。ライラが一周目を滑っている間にトラヴィスは片手をジェニファーの手に滑りこませ、彼女は挨拶代わりにその手をぎゅっと握った。

おそらく二人の間にはすぐさま絆ができ、期待が差し出され、それは受け入れられた。少ししてから初めて躊躇《ちゅうちょ》が生まれ、炎は輝き、燃えていたにもかかわらず、二度目にマッチをする必要が生じた。

三人で大邸宅に戻ってくると、暖炉の火の前でいっしょにピザを平らげた。ジェニファーはライラをベッドに入れ、お話を読んであげた。しばらくしてジェニファーは寝室を出てきて言った。「そろそろ失礼します」

玄関でトラヴィスは彼女にキスした。それだけなら、たぶんよかったんだろう、と後に彼はメイに語っている。やさしいおやすみのキスだったら問題なかっただろう、と。しかし、すさまじいまでの孤独、妻の死に対するやり場のない悲しみ、あらゆることへの悲嘆に耐えてきたせいで、急激に彼の中から何かがこみあげてきた。なぜならメイと同じく、彼は子ども時代の家族と、さらにそれ以上のものを失っていたからだ。

「戦争でいろいろあったし」とメイはウィンターに語った。「ひどいことを見過ぎたんだよ。わかるよね？」

ウィンターにはわかった。友人たちが銃弾や地雷で引き裂かれるのを目の当たりにしただけではなく、殺戮《さつりく》によって無垢を失う、という言葉にならない経験をしたのだ。ウィンターはそれをメイに説明しようとすらしなかった。そもそも、誰かに説明しようとしたことはなかった。自分自身にすら。しかし、その最初のキスをしたときに、どうしてトラヴィスが逆上してしまったのか、ウィンターには理解できた。彼はジェニファーを乱暴なほど強く引き寄せると舌を奥までねじ込んだので、彼女は彼の腕の中でもがきはじめた。しかし、それでもなお、しばらく抱きしめてから、ようやく理性を取り戻して彼女を離したのだった。

そこでジェニファーは困惑し、動揺した目で彼を見上げた。彼女は首を振った――だめ。トラヴィスは自分のしたことに愕然とするあまり、謝ることすらできなかった。トラヴィスは目をそらした。震えながら彼女は背を向け、小走りにオンボロのシボレーに向かった。彼は玄関に立ち、ジェニファーがエンジンをかけるのを見ていた。乱暴にキーを回したので、静寂に包まれた春の夜にエンジンの音が大きく轟いた。

トラヴィスは平気だというふりをしようとした。だが、実際は打ちのめされていた。最初のキスを完膚なきまでにだいなしにしてしまったので、もはや取り返しがつかなかった。彼女は走り去るだろう。次に会うときには、堅苦しくてぎこちない、そらぞらしい態度をとられるだろう。修復できる可能性はまったくなかった。

しかし、ジェニファー・ディーンと名乗った女性は走り去らなかった。ハンドルを握ったまますわり、フロントウィンドウを見つめ、エンジンをかけながら何かつぶやいていた。

それからエンジンを止めた。車を降りた。彼女は玄関に立っているトラヴィスのところまで戻ってきた。彼女はトラヴィスの顔を両手ではさんで引き寄せ、彼がまたキスできるようにした。今回はさっきのような激情のままの荒々しいキスではなかったが、ただのおやすみのキスでもなかった。最初のときに心の中の思いを形にしていたらこうだっただろう、という時間をかけた濃密なキスだった。

「やり直しだったんだ」後に彼はメイに語った。「彼女はやり直させてくれたんだ」

唇を離したとき、なぜか二人の間は修復されていた。ジェニファーは彼に微笑み、また車に戻っていった。トラヴィスは戸口に立ち、彼女が走り去るのを見送っていた。もしかしたらそのときはまだ彼女に恋をしていなかったかもしれないが、いずれそうなることはわかっていた。じきにそうなるはずだと。

そして実際、二人は一週間もしないうちに恋人同士になった。春の間じゅう、二人は情熱的で子どもみたいに無邪気な恋人同士だった。ライラが学校に行っている間は昼休みにひそかに時間を作り、ライラがグウェンの家に泊まりに行っているときは夜をいっしょに過ごした。やがてジェニファーはトラヴィスといっしょにミッドナイトにまたがり、裏の丘陵にある十九世紀の孤児院のロマンチックな廃墟に連れていってもらうようになった。二人は荒れ果てた塔の中に敷いた毛布の上で、ひそやかな時間を過ごした。

トラヴィスは妹のメイにこうしたことを残らず話した。ただし、つかえつかえ婉曲な言い回しで、親密な関係の詳細は省きながら、起きたこととの骨子だけを伝えようとした。

メイは兄の考えをウィンターに解説してくれた。ジェニファーはトラヴィスの激情を自分の肉体でしつけたのだと。彼女はやさしさと忍耐強さを再びトラヴィスに教えた。

「人は何かを失うまで、それを失う可能性があるとしっかり理解していないの」とメイは言った。いまや彼女は自分の経験から、家族と子ども時代の世界を失った自身の経験から語っていた。「そして、いざ失うと、その後、常に恐れるようになる。トラヴィスはあまりにも多くのものを失ったよね。ほら、戦争でも、パトリシアが死んだことでも。彼の中にある大きな怒りは、恐怖でもあったんじゃないかと思うんだ。ジェニファーは肉体を通して、自分がそこにいること、自分はその瞬間に存在していること、そして、人はその瞬間しか手に入れられないから、それを受け取るしかない、さもなければ何も手に入らない、ってことを彼に教えたんだよ。ベッドの中で、そういうやりとりがあったんじゃないかな。兄は何よりもそのことを学んだ。ともあれ、彼が語ったことからあたしが理解したのはそういうことだったの」

ウィンターはその話を反芻《はんすう》しながら幹線道路に出た。走っているうちに、どんよりした灰色の空がますます暗くなってきた。いまや予報どおり、雪がちらつきはじめた。雪片を吹き飛ばすような風がないので、雪は薄闇の中をゆっくりと回転しながら落ちてくる。美しい。路肩の向こうの木立にも雪が積もっていく。木立のはずれの濃いブルーの水面で白い雪が渦巻いているのが目に入ったとき、なぜか心が癒やされた。ビッグ・シティが彼をつかんでいる力が弱まっていくのが感じられた。腕を握る骸骨の指が滑り落ちていくかのように。

トラヴィスとジェニファーがベッドにいるところを想像してみた。心の目で、二人が恋人になろうと努力している姿を思い浮かべないわけにいかなかった。シャーロットについてのサイコセラピストとの会話のせいで、孤独が身に染みた。孤独だけが憂鬱の源かどうかはわからなかったが、それでも刺すような孤独を感じた。トラヴィスがジェニファーと恋に落ちたことを考えているうちに、ウィンターもジェニファーに少し恋をしていた。想像の中では、トラヴィスではなく自分がジェニファーの腕に抱かれているような気がした。

その夏、ジェニファーは大邸宅に再び活気を呼び戻したと言っても過言ではなかった。そう表現しても、ロマンチックすぎることも理想主義的すぎることもないだろう。二人の愛は、あの家を再び生き返らせたのだ。

「とりわけ、ライラにそれが顕著だった」メイは彼に言った。「はっきりとわかったよ。堅物の小さな女性教師からおしゃべりな女の子に変わったって。ぺらぺらぺらぺら」片手でくちばしの形を作って、開いたり閉じたりした。「黙らせることなんてできなかった。あの子はいつもありとあらゆることを話したがった。とても愛らしかった。すごく陽気になった」

ジェニファーは家を飾りつけ、掃除し、トラヴィスとライラのために料理をした。トラヴィスがそうした主婦らしい仕事に対して、まるで奇跡だと言わんばかりに畏敬の念を抱いていたことについて、メイは皮肉っぽくこう描写した。動物の檻の中にいる怒れるクマ男みたいな暮らしを男にも子どもにもしてほしくなければ、女はそういうことを当たり前にやるものだ、と。

「ダイニングテーブルに花を活けた花瓶を置くと、トラヴィスはそこにすわって、ジェニファーがそれを魔法で取り出したみたいにじっと見つめていたんだよ」メイは言った。

トラヴィスがそうした女性らしい行為に感心しきりなことをメイは小馬鹿にしたが、ウィンターはちがった。長い間、一人で暮らしてきたからだ。

やがてトラヴィスはジェニファーが自称している人間とはちがうのではないかと疑いを抱くようになったのか？　ジェニファー・ディーンという人物は、そもそも存在しないと疑いはじめたのか？　ウィンターはメイにその質問をしたくなかった。自分でもまだはっきり真実がつかめていなかったからだ。それにこのジェニファーという女性はメイにとって大きな意味があったから、彼女の存在そのものを消すことで、さらに苦痛を味わわせたくなかった。しかし、メイの方からその点に触れてきた。

「ジェニファーは過去について一切兄に言わなかったの。そのことで彼はすごく悩んでいた」メイは言った。「最初のうちは平気だったんだけど、少ししてから気になるようになって。ひどい交際相手だったので、それについては話したくない、って言ってたみたい。だけど、それ以外のことも一切話さなかった。子ども時代のこととか、スイート・ヘヴンに来る前のこととか。しばらくすると、それが兄の気に障るようになったの。ジェニファーといっしょにいたいだけじゃなくて、彼女を知りたいと思っていたからだよ。それに兄の方はいろいろあったから、彼女に話を聞いてもらいたがっていた。長い間一人きりだったから、自分の思いを彼女に洗いざらい打ち明けたかったんだろうね」

だから、トラヴィスは思いを彼女に伝えた。とうてい胸におさめておけないと悟ったからだ。散歩をしながら、ミッドナイトにいっしょに乗っているときに、愛を交わしたあと静けさに包まれて横たわっているときに、彼は自分を毒してきた苦しみを残らず語った。国のために戦争に行き、国は何をしてくれたか？　いったんその話題になると、止められなくなった。彼にとって悪人がいる劇場は広大で、立ち見席まで満員になるほどありとあらゆる悪人がそろっていた。世の中のほぼ全員といってよかった。あらゆるタイプの政治家、銀行家、大富豪、無責任なジャーナリスト——全員が彼にとっては裏切り者だった。経済を破綻させ、金持ちの友人たちは救済したが、父親の馬農場のような小さな商売はつぶした。保守的な連中は妹を拒絶した。革新的な連中は怒りと馬鹿げた理論で彼女を破滅させた。ああ、それに妻はどうだ？　それは最悪の部分で、彼の怒りを何よりもいっそうかきたてた。妻のパトリシアは世の中で善をなし、子どもを育てることだけを望んでいた。なぜ誰一人として、彼女がドラッグに溺れ、ゆっくりと死に向かっていたことに気づかなかったのだろう？

「彼が思いの丈を洗いざらいぶちまけるのをジェニファーは聞いてあげた」メイはウィンターに語った。「ジェニファーは聞き上手だったんだよ。本当に。だけど、しばらくして、彼ですら気づいたんだ、いつも自分ばかりがしゃべっているって。あたしが言ったように、彼女は何も語らなかった。そのせいで彼は距離があるように感じた。彼女は自分に本心をさらけだしていないって」

距離を置く、とウィンターは考えながら、ジープを雪で滑りやすい幹線道路に向けた。うちとけようとしない——でも、怪しくはない。最初のうちは。

やがてビーチで過ごす日が来た。それはすべてが変わり始めた日だった、とメイは言った。

夏の最後の日、翌日からジェニファーは年度始めの仕事を準備するために学校に出勤することになっていた。日の出前から暑かった。日が昇るとすぐに、混まないうちにとビーチに出かけた。トラヴィスとジェニファーとライラの三人だけではなかった。グウェンも来たし、母親のヘスターも、それにヘスターの夫スティーヴもいっしょだった。その事実だけでも、ジェニファーが成し遂げた変化を物語るものだ。トラヴィスにはそういうことができるようになっていた。仲間に加わり、友人を持てるように。スティーヴが元レンジャーだということも役に立った。もちろん、そうだろう、ここはスイート・ヘヴンなのだ。ただし、それはスティーヴとトラヴィスは口にしない多くのことを共有しているということだった。たいていの場合、トラヴィスはそういう沈黙を好んでいた。

晴れた日だった。子どもたちは砂のお城を作り、おしゃべりをした。トラヴィスとジェニファーは水の中でふざけあった。スティーヴとヘスターは微笑みあい、手をつないでそんな二人を見守っていた。時間がたつにつれ、さらに多くの人たちがやって来て、とうとう砂浜はほぼレジャーシートで覆われ、太陽はビーチパラソルですっかり遮られてしまった。

正午頃、ジェニファーは立ち上がって水着の上にスラックスをはくと、トイレに行ってくると言った。トイレはビーチ上方のコンクリートの土手にあり、駐車場の近くだった。トラヴィスはレジャーシートに寝転び、彼女が人混みを縫って歩いていくのを見送っていた。スティーヴがこういうときの男同士の決まり文句を口にした。「おまえは宝くじを当てたな、相棒」

トラヴィスはうなずいた——たしかに宝くじを当てたと感じていた。だから、何かを感じていたとしても、何かを疑っていたとしても、そのときは黙っていた。彼とヘスターとスティーヴは何を話すでもなく、ただくつろいで寝そべり、子どもたちが波打ち際で遊ぶのを見守っていた。十五分が過ぎた。二十分が過ぎた。二十五分。

トラヴィスが言った。「どこに行ったのかな？」

ヘスターが言った。「電話でもかかってきたんじゃない」

トラヴィスはジェニファーのスマートフォンを顎で示した。水着の上に着ていたブラウスやスカーフがレジャーシートに積まれたところにころがっている。これでは電話がかかってくるはずがなかった。

彼は立ち上がり、両手から砂を払い落とした。ビーチサンダルをつっかける。Tシャツを着た。黒い野球帽を目深にかぶる。

「ライラを見ていてくれるか？」彼は頼んだ。

「心配していたとかじゃなかったの」メイはウィンターに言った。「ただ、誰かが時間がかかりすぎていたら、ちょっと様子を見てこようかな、って思うよね。それだけのことだったんだよ」

人混みを縫って歩くのは簡単ではなかった。レジャーシートの間を通り抜け、パラソルの下をくぐり、もっと浅い砂地に葦が茂っている場所に着くまでに五分もかかった。ここまで来ると人が少なくなり、駐車場に続くコンクリートの小道が延びていた。歩くのがぐんと楽になった。まもなく小さな砂丘の上に出て、トイレの建物が見えてきた。

そちらに数歩近づいたとき、遠くで何かが動くのが視界に入った。建物の先の駐車場に視線を向けた。

そこにジェニファーがいた。ジェニファーと男が。

二人は駐車場の奥の縁石に立っていた。黒いSUVと電柱の間に。トラヴィスからはまだ百メートル以上距離があった。男の顔ははっきりわからなかった。ただ、長身の大きな男で、がっちりして威圧的だということは見てとれた。男はジェニファーのそばに立っていた。彼女の腕をつかみ、のぞきこむようにしていて、彼女は男から身をひこうとしている。暴力的な仕草だったが、親密でもあった。ジェニファーは男が見知らぬ相手だからではなく、彼を知りすぎるほど知っていたから逃げようとしているのだ。

トラヴィスはすぐにサンダルを脱ぎ、二人の方に走りだした。接続不良の雑音さながら、彼の頭の中でさまざまな考えが火花を散らした。「ひどい交際相手」にちがいない、と思った。これが彼女が話したがらなかった男にちがいない。この男のせいでスイート・ヘヴンに逃げてきたのだ。

今、トラヴィスは小道をはずれ、砂地を突っ切った。足が砂に沈み、スピードを上げるのに苦労した。今、ジェニファーがいらだったように体をひねって、大男の手から離れるのが見えた。彼女が一歩あとずさると、男が半歩進みでた。

葦がトラヴィスの足裏に突き刺さったが、気にも留めなかった。走り続けた。さらに近づいたとき、ジェニファーが怒って男を見上げるのが見えた。男は卑劣な笑みを浮かべて話しかけている。脅しているのだ、とトラヴィスは思った。今では男がかなり年上、少なくとも五十歳ぐらいだとわかった。薄くなりかけた赤毛をしている。顔は汚れているみたいで、はっきりわからなかった。まるで顔に何かついているみたいに。

トラヴィスは葦を通過した。砂が固くなり、スピードが上がった。叫んで男を追い払いたいという衝動が湧き上がった。しかし、そうしなかった。自分が近づいていると男に警告したくなかった。男が怯えて逃げだすことは望まなかった。男のところにたどり着き、地面にたたきのめし、舗装路のタールの染みさながら踏みつけてやりたかった。

わずか数秒のうちに、以下のことが起こった。トラヴィスが駐車場に入る前に、男は人の動きに気づいて振り返り、迫ってくる相手を認めた。怒り狂った恋人だ。アメリカ政府によって人を殺す技術をたたきこまれた男。

男は大きく筋骨隆々として威圧的だったが、ジェニファーが彼から離れてうずくまると、渋々一歩下がった。いらだちと怒りをこめて捨て台詞を吐きながら、男は背後のＳＵＶのドアを開けた。そして突進してくるトラヴィスに冷笑を浴びせると、すばやく車に乗りこんだ。

そのときようやくトラヴィスは駐車場の舗装路にたどり着いたので、猛烈にダッシュした。しかし遅すぎた。ＳＵＶの赤いテールライトが光った。煙が上がるほどタイヤをきしらせ、車は駐車スペースを勢いよくバックで出た。それから前進し、曲がり、トラヴィスが駐車場の真ん中まで来たときには出口にいた。トラヴィスのところからだとナンバープレートは読みとれなかった。車種もわからなかった。

黒いSUVはどれも同じように見えた。

再びタイヤをきしらせ、男は走り去った。

ようやくトラヴィスはジェニファーのところにたどり着いた。彼女は苦しげな息をつきながら腕の中に倒れこんできたので、トラヴィスは彼女の頭をしっかりと胸に抱えこんだ。

今、ウィンターは肉体と精神が分離された男さながら、白昼夢を見ながら運転していた。雪はますます激しくなってきた。フロントウィンドウのワイパーがせわしなく動き、空は見えず、道路は濡れて黒くなっていた。路肩やガードレールに雪が積もり始めている。ウィンターの肉体は慎重に巧みに降りしきる雪の中を運転していたが、心の中ははるかかなたにあった。あの夏のあの駐車場に、トラヴィスと彼の愛するすばらしい女性がそのできごとの後で対決した場所に。

「あいつは誰だ？」ジェニファーを問い詰めた。

「知らない。知らないの。襲ってきたのよ」

「ジェニファー、あいつとは知り合いだろ。きみが話していた男なのか？　あれが最悪の交際相手なのか？」

彼女は躊躇した。「ええ」だが、吐き気を覚えながら、トラヴィスは彼女がその説明にしがみつこうとしていることに気づいた。嘘をついているのだ。

ジェニファーは顔を上げ、彼の表情を見て、その考えていることを察すると、困惑の色を浮かべた。

彼女は首を振った。「ダーリン、やめて。お願い」

「トラヴィスは打ちひしがれた」とメイはウィンターに語った。「自分には幸運はつかめないと思ったみたい。ようやく美しい女性が彼の人生に現れた――ライラの人生にも――トラヴィスはライラのことを何よりも大切にしていたの。その女性は二人の人生に登場して、死にかけた世界から救い出してくれた。まるで植物が枯れても世話をしていれば、また花が咲くみたいに。だからトラヴィスは自分の人生にもまだいいことがあるかもしれない、と期待しはじめていた。そこに、そういうことが起きたの」

「彼はすでにひっかかっていたにちがいない」とウィンターは慎重に言葉を選びながら言った。「彼女が話そうとしないことに、子ども時代のことを話そうとすらしないことに。だから、そのできごとに疑いを持ったんじゃないかな？」

「そう、その通り。すっかり取り憑かれてしまったの」

ジェニファーが嘘をついていたせいだけではなかった、とメイは言った。それも彼にとってはおぞましいことだったが、何も話してもらえないせいだけではなかった。夏じゅう二人の間には、透明な障害物のように秘密が立ちはだかっていたのだ。触れることはできても目に見えない障害物。それがいきなり形になり目に見えるようになった。レンガ壁のように。

嫉妬だ。何よりも嫉妬のせいだった。トラヴィスは嫉妬がはらわたの中をのたうち回っているのを感じた。トカゲみたいな生き物が、彼のはらわたを食い荒らしていたのだ。

メイは正しかった。ジェニファーはトラヴィスには人生を、娘には父親と子ども時代を取り戻してやった。トラヴィスはジェニファーに恋をしただけではなく、嵐の海で流木につかまるみたいに彼女にしがみついた。では、彼女に我が物顔で触れたあの男は何者なのか？　彼女の腕にあざを残す権利があると思ったのか？　なぜ彼女は教えてくれないのか、そうすれば彼女を助け、守ってやれるのに？　あのぞっとする男について、どうしてひた隠しにしているのか？

「親戚だったのかな？」ウィンターはメイにたずねた。「その男はジェニファーの父親だった？」

メイは首を振った。「トラヴィスはそう信じたがったけど、まったく似ていなかった——遠くからでもそれがわかった。それに——」

「何だ？」

メイは小さく息を吐いた。「男が彼女に触れた様子がどこか腑に落ちないって言ってた。彼女がそれを許したんじゃないかって。男に立ちふさがれて怯えていた様子も。まるで彼はジェニファーを所有しているみたいだった。しかも、男に所有されているってことを彼女は承知しているみたいだった。二人ともその事実を知ってるみたいだったって」

こうして、それは二人にとって秋の深刻な問題となった。トラヴィスは看過できなかったし、ジェニファーは真実を知りたいという彼の望みを充分にかなえてやれなかった。トラヴィスは眠れなかった。ひっきりなしに彼女を問いつめた。とうとう彼女は泣きだした。

「お願い、トラヴィス。もうやめて」

「それでトラヴィスは彼女を殺したと考えているのかい？」ウィンターはメイにたずねた。

「そうに決まってる。嫉妬のせい。それで兄は頭がおかしくなったんだよ」

雪は小降りになり、やがて、降りだしたときと同じようにいきなり止んだ。ウィンターの前方にはスイート・ヘヴンへの道が延びていた。英文学教授のウィンターはその光景を見て、苦笑いを浮かべた。

「客観的相関物」というのは、感情が外界の事象によって表現されるときの文学的テクニックのことだ。たとえば、物語の中の雷雨は、登場人物の内心の動揺を象徴している。今、憂鬱の象徴のように思えた灰色の都市から脱出したとたん、吹雪は止み、クリスマスカードさながらのスイート・ヘヴンが、天国のようにのどかな風情で出現した。湖に虹がかかる青空の下で、町はまばゆく輝いている。ただし、その光景には、これだけ距離があってもどこか鼻につくところがあった。百パーセント信用できなかった。

そのとき、ウィンターのスマートフォンがようやく鳴った。ついにヴィクトリアが連絡してきたのだ。

「オフィスに来てもらった方がいいみたい」ヴィクトリアは言った。「本物のジェニファー・ディーンを見つけたの」

十二章

「おとぎ話のホラー映画版みたいなの」ヴィクトリアはウィンターに言った。「彼女は悪い魔法使いの塔に閉じこめられた王女さまみたいだった」

ウィンターは書類を読みながら、うーんとうなっただけだった。ヴィクトリアは資料をプリントアウトして、それを所狭しと広げていた。郡裁判所の二階にある国選弁護人のオフィスは、広々しているとは言えなかった。ふたつのデスクをくっつけて置き、片側の壁にはホワイトボード、アシスタント用の小部屋。それだけだった。いまや、部屋の大部分が書類で埋まっている。

書類の表現は簡潔で、文章は完全に官庁用語だった。詳細はあまりなく、どのページも黒く塗りつぶされている――政府の用語で言うと「編集済み」だった。しかしヴィクトリアの言う通りだった。読みながらウィンターの頭に浮かんだのは、学校の図書室で見た本、ジェニファーが子どもたちのために書いてイラストをつけた本だった。塔に住む幽霊についてのおとぎ話だ。

ジェニファーの本名はアーニャ・ペトロヴナだとわかった。十六歳のときにキーウの学校から誘拐された。アメリカに連れてこられ、ほぼずっとロサンゼルスを見下ろすハリウッド・ヒルズのマンションに監禁されていた。見張りの男は、「おまえは今、ミハイル・オブロンスキーの所有物だ」と彼女に告げた。オブロンスキーは元KGB捜査官で、ソビエト連邦が崩壊した後はギャングになり、最終的に、ロシア・マフィアの西海岸支部を統括していた。

あるページにオブロンスキーの写真が載っていた。百三十キロ以上ある怪物だ。毛むくじゃらの体はタトゥーだらけ。顔は石を彫刻したジャングルの神を思わせた。彼の暴力行為は伝説になっている。彼の敵は死体も残さずに消えた。ただ、命の火が消える前に加えられた凄絶な拷問について、ひそやかな噂話だけが残った。

しかし、オブロンスキーはアーニャを自分のためにアメリカに連れてきたのではなかった。彼女は息子のグリゴールへのプレゼントだった。書類にはグリゴールの写真もあった。彼は若く筋肉質で、やはり毛深くタトゥーを入れていた。生え際を厚くしてV字形に頭を剃り、尖った顎をしている。ロシア人ギャングの悪夢を見たら、きっと登場するような顔だ。むろん残虐で、死んだ目をしていた。オブロンスキーの数々の敵が消えたとき、抹殺を手配したのはグリゴールだった。グリゴールはその仕事を楽しんでやっていた。悲鳴は彼を笑わせた。

しかし、グリゴールは父親にとって心配の種だった。気が荒かった。さらに頭が悪かった。ドラッグをやった。口が軽くてしゃべりすぎた。あちこちで女を作った。彼が寝た相手は必ずしも女性ではないという噂もあった。さらに女性ではないベッドの相手の何人かは父親に話すと脅迫して、やはり姿を消したという噂もあった。

父親はこうした噂を信じようとしなかったが、心の底では本当だとわかっていた。グリゴールに必要なのはロシア生まれのちゃんとしたバージンの花嫁と家庭を作ることだ。ミハイル・オブロンスキーはそう考えた。そこで花嫁を誘拐したのだ。アーニャを。

オブロンスキーはアーニャが監禁されている小さな塔の寝室を訪ねた。彼はその巨体を彼女の前の椅子にねじこんだ。太い脚を広げ、片方の拳を膝に置き、グリゴールと結婚した後に何が起こるかを冷静に説明した。莫大な富が手に入るだろう。ロシア社会で大きな特権を得られるだろう。それから、やはり冷静な声で、グリゴールとの結婚を拒否したり、この計画をだいなしにしたら何が起こるかも説明した。オブロンスキーの説明は微に入り細をうがった。アーニャは彼からできるだけ離れてベッド上で丸くなり、恐怖ですすり泣いていた。

ウィンターはひとつの報告書を読み終えると、次の報告書を壁のホワイトボードからとった。デスクの椅子に背中を預け、ページをめくっていく。ときどき、顔を上げてヴィクトリアを見た。彼女は自分のデスクの椅子にすわり、別の報告書をめくるか、報告書を読んでいる彼の様子を観察していた。二人はため息をつき、お互いに首を振った。かわいそうなアーニャ。かわいそうなジェニファー・ディーン。

アーニャとグリゴールとの結婚生活は、ときおり突然の暴力と恐怖に襲われるものの退屈な三年間だった。唯一の救いはセックスをあまり求められなかったことで、そのことにアーニャは胸をなでおろした。アーニャの最大の不安は、この非人間的な悪魔の子どもを無理やり産ませられることだったからだ。ほぼずっと、ハリウッド・ヒルズの自宅の気味の悪いコンクリートの要塞に閉じこめられていた。彼女はテレビを観て時間つぶしをした。ニュースを観ているうちに、完璧な英語をマスターした。映画やテレビ番組を観て、文化も学んだ。

警察もののドラマを観ているときに、初めてWITSEC——連邦保安官局が運営する証人保護プログラムについて知った。

ここで、かなりの記録部分が塗りつぶされていた。ウィンターはヴィクトリアを見て、問いかけるように片方の眉を吊りあげた。

「連邦政府からこれを簡単にもぎとれたと考えているならまちがいよ」彼女は言った。「まず、ジェニファーはアーニャだということを彼らに認めさせなくちゃならなかった。次に、彼女がすでに死んでいることを納得させなくちゃならなかった。さらに、彼女が死んだと確認したあとでも、とびっきりすごい極秘技術を開陳したくない、と向こうは言い続けた」

ウィンターは舌で頬を突き、考えこんだ。スタン＝スタンことスタン・スタンコフスキの陰の助力がなかったら、絶対に書類を手に入れられなかったと言って、ヴィクトリアの達成感をだいなしにしたくなかった。彼は沈黙したままでいた。思考がさまよっていく。プリントアウトを握った手が椅子の肘掛けから垂れ下がった。しばし宙を見つめた。

しばらくして、ヴィクトリアがたずねた。「どうしたの？　何を考えているの？」

我に返って、ウィンターは彼女を見た。最初に頭に浮かんだのは、そばかすから何から、彼女は相変わらず陽気なハイスクールの女子生徒みたいだ、ということだった。これほど若く見えるのは、今でも彼女の中に無垢の泉があるからにちがいない。そう考えていると気が散った。彼はやさしいまなざしでヴィクトリアの全身をなぞった。

ヴィクトリアは微笑み、彼の心を読んだかのようにほんのり顔を赤らめた。いや、実際に読みとったのだろう。

「ちょっと。何を考えているのよ？」彼女は笑った。

彼は首を振った。「もう一人の男だ。トラヴィスが執着した男。その男のせいで彼女を殺したと言っている」

「男って何のこと？」

「トラヴィスはビーチでのできごとについて話したかい？」

「もう！」ヴィクトリアは頭を後ろにそらし、目を閉じ、絶望したように口を開けた。少しして体を前に戻すと、デスクに肘を突いて両手で額を支えた。「いいえ。彼はほとんど何も話してくれないの。実際、彼を弁護することなんてできそうもない」

「それが手がかりだよ。ビーチの男。男は彼女を脅し、トラヴィスはそれを目撃した」

「男はなんて脅したの？」

「トラヴィスは離れていたから聞こえなかったし、ジェニファーは——アーニャは彼に話そうとしなかった。それで、彼はおかしくなったんだ」

ヴィクトリアは罵った。このことを知っておくべきだったのに、知らずにいたのだ。「彼はマフィアの一員みたいだったの？　ロシア人の一人？」

「そのことを考えていたんだ。特殊な連中の一人ではないと思う——マフィアの関係者じゃない。それと顔が特徴的らしい」

「邪悪なサイコパスの顔をしているんでしょ、それが重要なの？」

彼は鼻で笑った。「そうとは思わない。ともあれ、マフィアがやりそうな振る舞いはしなかった。彼女を怯えさせたが、傷つけはしなかった。トラヴィスが追っていくと、男は逃げた。ロシアの連中なら逃げるとは思えないんだ」

ヴィクトリアはあいまいにうなずくだけだった。クライアントがビーチでのできごとを話してくれなかったことについて、まだ考えこんでいるようだ。ウィンターはまた報告書に戻った。ヴィクトリアはウィンターの顔を窺《うかが》った。なんらかの感情か考えが、彼の頭の中で渦巻いているのがわかった。だが、しばらく質問は控え、ただ彼に報告書を読ませておくことにした。

彼は読み続けた。アーニャは脱走することを決意した。グリゴールに不利な証拠を集め、連邦政府まで行き、テレビで知った証人保護プログラムに入れてもらうつもりだった。

アーニャは家じゅうを探しはじめた。書類を読んだ。電話の会話に聞き耳を立てた。金庫の暗証番号を調べた。金庫はレクリエーションルームの床下で発見した。金庫の中には、さらに書類と写真の束とUSBメモリーがあった。写真はグリゴールが実行した数々の殺人の記念品だった。

このすべてをおこなうのに、とてつもない勇気を必要とした。彼女はまだ十九歳だった——やがて、はたちになった。家には昼も夜も見張りがいて、敷地内には監視カメラがいくつも設置されていた。一人で外出することは許されなかった。ジムに行くときや買い物に行くときは常にあとから一人、または二人の男がついてきた。電話やインターネットの利用はモニターされた。パパのオブロンスキーは警察に行っても安心じゃないと釘を刺した。「警察にはたくさんの友人がいるからな」

アーニャは彼の言葉を信じた。しかし、夫は連邦政府を恐れていることを知っていた。そう話しているのを耳にしたことがあった。書類と写真を持ってFBIに行くことができれば、証人保護プログラムで守ってくれる、そしてついに自由になれる、と自分を奮い立たせた。

ギャングの要塞からの逃亡は、まさに作戦と勇気による快挙だった。彼女を見張っている連中は、仕事中に酒を飲んでいるらしかった。確信はなかったが、そうにちがいないと思った。全員がコーヒーを詰めた水筒を持っていたし、コーヒーにはウォッカが入っているにちがいない。またもや報告書が編集されていたので、ある見張りのコーヒーとウォッカに、アーニャが自分に処方された鎮静剤をどうやって入れるつもりだったのかははっきりわからなかったが、ともあれ、それが彼女の計画だった。

しかし、それだけではなかった。彼女は家じゅうの見張りに薬を飲ませることはできなかった――見張りと使用人と正面ゲートの警備員に。そこでヴィクトルを選んだ。ヴィクトルはしばしば運転手も務める見張りだった。細くて筋肉質だったが、他の見張りよりは小柄だったので、薬で眠らせるのも簡単だろうと計算した。その後、ラニヨン・キャニオンの頂上まで連れていってほしい、とときどき頼むようになった。そこから街に沈む夕日を見たいからと。夕日を見ているとき、彼はいつも車の中で見張っていた。そして待っている間じゅう大量のコーヒーを飲んだ。

アーニャは日没が早く、五時頃には暗くなる一月のある日を選び、その一時間前、四時頃に出かけたいと頼んだ。いつものように崖の頂上にすわった。ヴィクトルは車の中から彼女を見張りながらコーヒーを飲んでいた。

太陽は弧を描きながら地平線に沈んだ。青いロサンゼルスの空は、もっと濃いブルーへと凝縮していった。アーニャは膝を抱えてすわり、スカイラインを眺めた。心臓が胸で激しく鼓動している。まるでそこから自由になりたがっているかのように。

ヴィクトルが薬を盛られたと気づいたのは四時半ぐらいだった。彼は車から降りようとした。三回目にようやくドアを開けられた。ドアから身を乗りだすと、頭がふらつき、どこから脅威が襲って来るのか判断できないまま、恐怖と混乱の中でジャケットの下の銃をつかもうとした。必死に眠るまいとしたが、アーニャは象ですら意識を失うほどたっぷりと鎮静剤を仕込んでおいた。車から降りたとたんにヴィクトルは片膝をついた。体を支えようと指でドアをひっかきながら、ずるずるとくずおれていき、土ぼこりの中にすわりこんだ。顎がガクンと胸まで落ちる。片手から力が抜けた。銃がころがり落ちた。

この時点でさらに編集がおこなわれ、何ページも黒く塗りつぶされていた。だが、どうにかアーニャは逃亡し、ウェストウッドの連邦ビルまでたどり着いた。FBIがグリゴールのコンクリートの要塞を正面きって手入れできるだけの証拠を、彼女は持っていた。さらに家の中に入ったら、どこを探せば残りの証拠があるかを教えることができた。

グリゴールは逮捕され、二件の殺人で起訴された。彼は裁判の証人たちを殺していたので、その殺人は連邦犯罪になった。FBIは州間人身売買罪でも起訴した。

アーニャは公開法廷では一度も証言する必要はなかった。裁判が父親の事業を窮地に陥れることがはっきりすると、グリゴールは有罪を認めた。運転手のヴィクトルが痕跡を残さずに消え、今後発見されそうもないという事実を考えると、これはグリゴールにとって賢明な選択だった。ただし、オブロンスキーの親としての気持ちだけは、それではすまされなかった。

グリゴールは終身刑を宣告された。アーニャは証人保護プログラムに入った。新しい名前、新しい家、新しい仕事、新しい人生。

ウィンターは椅子にすわったまま前屈みになると、腕を伸ばして暗灰色のデスクの隅から最後の報書をとった。アーニャの証人保護プログラムでの身分について、詳細が記されたページだった。ほぼすべてが塗りつぶされていた。残っていたのはブランドン・ライト、連邦保安官のサインだけで、彼はアーニャの再定住を監督し、彼女に新しい名前を与えていた。アンジェラ・ウィルソン。

ウィンターは、え、と声を発した。椅子にまた寄りかかった。片手を額にあてがう。「アンジェラ・ウィルソンだって？」

ヴィクトリアはこの反応をずっと待っていたのだ。「そうなのよ。ねえ、ジェニファー・ディーンはどこから来たの？」

ウィンターはこれみよがしに嘆息した。「FBIじゃないな、どうやら」

「アンジェラ・ウィルソンは七年後に行方をくらましたんですって。この三年は彼女と会っていないそうよ」

「だったら、何者かがジェニファー・ディーンを作り出したにちがいない。何者かが彼女を作り出し、彼女は相変わらず逃げ続けていた、俺が言ったように」

「どうして証人保護プログラムに戻って、新しい身分をもらわなかったの？」

ウィンターは答えなかった。額に手をあてがったまま、もう片方の手で黒塗りの書類を彼女に示した。

「トラヴィスはこの件について知っていたのかな、どう思う？」

「そうは言っていなかった。だけど実を言うと、わたしもあなたと同じように推測している」

「彼の判決を延期できるかな？」

「まず無理ね。裁判官はクリスマスまでに判決を出したがってるの。そもそも、延期して得になる？」

「彼と話をしたい」

「トラヴィスと？　あなたと話してもらえるか、すでに訊いてみた。断ってきた。早く裁判が終わることを望んでいるだけだって」

「だが、この話はかなり奇妙だ。深すぎる。俺が見落としている動機があるはずだ。何か見落としているんだよ。どこか辻褄が合わない。もしかしたら何ひとつ筋が通らないのかもしれない」

「トラヴィスが無実だっていう可能性はあると思う？」

「いいや」ウィンターは言った。「それはないよ。無実なら終身刑になるリスクを冒さないだろう」

部屋がしんとなると、ウィンターは物思いに沈み、ヴィクトリアは身じろぎもせずに彼を見つめていた。

ようやくウィンターは椅子の中で体を起こした。ヴィクトリアも体を起こし、彼の言うことに耳をそばだてた。

「ブランドン・ライトという男はどうだろう？　彼は我々と話をしてくれるかな？」

彼女はまばたきした。「保安官の？　わからない。無理なんじゃないかな。証人保護プログラムの連中は信じられないぐらいに口が堅いの。もちろん理由あってのことだけど」

ウィンターはデスクのパソコンを指さした。「彼を検索してくれ」

彼女は名前を打ちこんだ。「ここに少し出てる。十二年前に警察を辞めて、連邦保安官局に抜擢されたことについて地元新聞に記事が出ている……」

彼女の声はとぎれた。ウィンターが見ると、モニターを凝視している。その顔は妙にこわばり深刻だった。

「どうしたんだ」ウィンターはたずねた。

しばらく返事をしなかった。それからウィンターがその場にいることを忘れていて、いきなり思い出したみたいにまばたきして、彼に顔を向けた。「ビーチの男について、どう言っていた？　ジェニファーを脅した男のことだけど？」

ウィンターは思い出そうとした。「ああ。顔が特徴的だって」

ジェニファーはパソコンを回して、ブランドン・ライト保安官の写真を彼に見せた。

十三章

またもや灰色の都市へ長いドライブをした。今回はシカゴだ。走っている間、雪の積もった土地に広がる空は青かった。そしてずっと一人の女性がウィンターに取り憑いていた。ジェニファー・ディーンだ。ジェニファー・ディーンの幽霊が。彼女の顔のイメージが。

ジェニファーが本来の自分になるには、何が必要だったのだろう、とウィンターは思いを巡らした。彼女の勇気とやさしさはどこから出てきたのだろう。はるか遠い故国から誘拐された十六歳の少女。ほぼ四年にわたり悪夢のような虐待を受け続けた幽閉生活。劇的な脱走。それから――何があった？――十年後、彼女はスイート・ヘヴンに突如として現れ、特別な存在となった。

学校の図書室で子どもたちに読み聞かせをしている動画を思い出した。子どもたちはジェニファーを見上げ、物語ではなく、彼女の存在にうっとりしていた。小さなライラはジェニファーによって生気を取り戻した。トラヴィス・ブレイクは彼女の存在によってまともになった。それゆえに、彼女を独占したいという嫉妬によって理性を失った。

どういうタイプの女性なのか？　その疑問がずっと彼の頭から去らなかった。どういう女性なのか……？

車を走らせた。ジェニファー・ディーンがトラヴィスの腕に抱きしめられているところを想像した。自分自身をトラヴィスとして思い描いてみた。首を振り、その想像を消し去った。

そんな想像をするとは、たぶんマーガレット・ホイッティカーのサイコセラピーのせいだ。それでも、何かが彼の中でざわつきはじめていた。それを感じとることができた。必死に憂鬱にしがみついても、憂鬱ははがれかけていた。仮面のようにはがれ落ち、そこに現れたのは――何だ？　いや、彼は答えを知っている。耐えがたいほどの渇望だ。マーガレットに語り続けていた物語、シャーロットと遠い昔のクリスマスの物語の根底に潜むのは、それなのでは？　彼女に伝えたかったのは――告白したかったのは――耐えがたい孤独と――愛されたいという拷問のような渇望だったのでは？

ああ、そうだろうとも。なぜそう告白しなかったのか？

世間の人のように愛を求めることをどうして恥ずかしく思うのか？

だが、彼にはわかっていた、そうだろう？　恥辱の理由なら、正確にわかっていた。

「俺はたくさんの人を殺してきたんです、マーガレット」

ただし、それは欺瞞《ぎまん》だった。そのせりふで真実を彼女から覆い隠そうとしたのだ。なぜならウィンターが殺してきた人の大半は殺されて当然の人間だったから。口にこそ出さなかったが、するべきことをしたのを悔いてはいない。彼は非情な男だった。

しかし、悔いている殺人がひとつだけあった。ある女性だ。彼のせいで彼女は死んだ。目的があってベッドに誘いこんだせいで。情報を持ってくるように説得したせいで。雇い主がそれを発見し、彼女を拷問したせいで。しかも、その遺体を発見したときに初めて、彼女を愛していたことをおのれに認めることができたのだ。

その過去はとうていマーガレットに打ち明けられなかった。だから代わりにシャーロットの話をした。幽霊について、墓地について。シャーロットがあの日墓地で気づいたことについて。父親の幽霊譚は愛と告白と裏切りの物語だったこと。しかも、それは脚色したウィンターの物語でもあった。

シカゴに着くと、ノース・サイドをめざした。ブランドン・ライトのアパートは湖の近くのロジャーズ・パークにあった。大通りに面した古いレンガ造りの建物の三階の部屋だ。一階にはイタリア料理のトラットリアが入っている。

この男をここまで追跡するのは一筋縄ではいかなかった。ライトは五年前に保安官局を退職していて、彼がどこに行ったのか誰も知らないし関心もないようだった。ウィンターとヴィクトリアはようやく彼の連絡先の情報をつかみ、一日じゅう電話をしたが応答はなかった。というわけでやって来たウィンターはトラットリアの脇のドアに立ち、ドアベルを鳴らしたが、同じ結果だった。

そこで大家のベルを鳴らした。大家はすぐに彼を入れてくれた。二人は正面階段のそばの玄関ホールで会った。大家は小柄でぽっちゃりした、おそらくメキシコ人らしく、サンチェスという名前だった。欲得ずくの目つきをした愛想のいい態度の男で、どちらもウィンターには好都合だった。役に立ってくれそうだからだ。

「フロリダで冬を過ごすとか言ってたよ」サンチェスは言った。「あっちに引っ越すことを考えてるんじゃないかね」

「じゃあ、部屋には誰もいないのか？」

「息子がときどき来て、郵便物を持っていくよ」

「家賃も息子が払ってるのかな？」

「いや、それは銀行から直接引き落とされている」

「連絡先は置いていったかい？」

サンチェスは首を振った。「何か用があれば直接息子に電話してる。必要なら彼の番号を教えるよ。父親のことで誰か訪ねてきたら、この番号を教えてやってくれ、って言ってたし。名前はチャーリー。チャーリー・ライトだ」

ウィンターは電話番号を受けとった。建物の正面ドアのすぐ内側に立ち、電話した。応答を待ちながら、ドアのガラス越しに通りを見るともなく眺めた。道の向かいの商店は色とりどりのクリスマス・イルミネーションで飾られている。通行人がひっきりなしに往来しているが、胸から上しか見えなかった。

みんな寒さで頬が赤くなり、口から蒸気のように息が立ち上っている。

「もしもし」相手が出た。ぞっとする訛りのある野太い声。

「ミスター・ライト？」ウィンターは言った。「チャーリー・ライトですか？」

ちょっと間があってから「ああ。誰だね？」

「キャメロン・ウィンターと言います。お父上の部屋がある建物に来ています。お父上が連邦保安官局時代に扱った案件について話したいんです。アーニャ・ペトロヴナという女性のことで。非常に重要な案件です」

またもや沈黙が落ちた。今度はさっきよりも長かった。それからチャーリー・ライトは言った。「了解。そこにいてくれ。十五分で行く」

今度はウィンターがためらう番だった。だが、結局こう答えた。「わかりました。この電話をミスター・サンチェスに渡します。俺を部屋に入れるように言っていただけませんか？　中で待っていられるように」

最後の沈黙はあまりにも長かったので、不気味なほどだった。いったいこの男は何者なんだ？　ウィンターは思った。

ようやく答えが返ってきた。「わかった。彼と話そう。部屋で待っていてくれ」

サンチェスは電話をとり、耳を傾けた。それからウィンターを二階に連れていった。部屋の鍵を開けてウィンターを中に入れると、そのまま立ち去った。

ドアが閉まるなり、ウィンターは部屋の捜索を開始した。十五分。チャーリー・ライトと名乗る男が現れて彼を殺そうとするまでに、それしか時間がなかった。

部屋は狭かったが、そこそこ清潔だった。すべては安っぽくて現代的だ。家具、キャビネット、バスルーム、キッチンカウンター。クロゼットと戸棚の引き出しを調べた。それに十五分のうち四分を使った。あまり見るべきものはなかった。クロゼットにも引き出しにも、男性用衣類がぎっしり入っていた。保安官の制服を着たブランドン・ライトの写真があちこちに飾られている。たしかに、男の顔は特徴的だった。過去にひどい火傷を負ったようだ。顔が黒ずみ、瘢痕《はんこん》を消そうとしたがうまくいかなかったかのように染みになっている。

ウィンターは写真を一枚一枚調べていった。それで三分とられた。他の男が写真に写っていることもあった。しかし、妻や子どもの写真はまったくなかった。息子の写真は一枚もない。チャーリー・ライトの存在をうかがわせるものは皆無だった。

部屋を探していると、刻々と緊張が高まっていった。

胃の中に固い結び目ができていく気がした。鼓動がどんどん速くなっていく。電話の男にはロシア訛りがあった。彼がブランドン・ライトの息子ではないことは確実だ。ロシア人はやって来たらどういう行動に出るか、断言はできなかったが、不愉快なことから命に関わることまで無数の可能性が考えられた。不愉快なことの後に命に関わることが起こる、というのがいちばん可能性が高そうだ。

すでに部屋で十二分過ごしている。これで終了だ。ウィンターはほぼ理想どおりに神経が張り詰めていた。探すのを中止し、窓辺に立つ。都会のクリスマスの光景を見下ろした。ストライプの紙でくるまれた街灯は、巨大なステッキキャンディーみたいに見えた。道の真ん中の台座には、等身大のおもちゃの兵隊たちが立っていた。人々が通り過ぎていく。凍てついたシカゴの風を防ごうと、マフラーに顎を埋め、両手はコートのポケットに深く突っ込んでいる。

そのとき黒い車が停止した。メルセデスだ。運転者が降りて来る前に、電話の相手のロシア人だとわかった。彼が降りてきたとたん、ウィンターは立ち去ろう、それも急いで立ち去ろう、と決心した。ロシア人は身長こそウィンターと同じぐらいだったが、ずっと幅があった。厚手の黒いレザーコートに包まれていても、がっしりした体つきはわかった。黒い毛糸の防寒帽をかぶった陰気な面長の顔を見て、この男がかなりの戦闘スキルの持ち主だということには賭けてもいい、と思った。コートのシルエットを見て、銃を持っていることにも喜んで賭ける、と思った。

ウィンターはすぐさまアパートのドアに向かった。廊下に出たとき、階下の正面ドアが開くのが聞こえた。廊下のはずれまで行き、そこのドアから非常階段に出た。急いで二階分の階段を下り、横手のドアから建物を出る。肩越しに振り返りながら、寒さの中、すばやくジープまで歩く。

危害を加える気満々の乱暴なロシア人ギャングからどうやら逃げられたことに胸をなでおろしながら、

車を発進させた。

翌日の終わりに、それは半分まちがっていることを知った。たしかに、あの男は乱暴なロシア人ギャングだった。しかも、まちがいなく彼に危害を加えようとしていた。

しかし、ウィンターはまだ逃げおおせていなかったのだ。

十四章

翌日は土曜日だった。ウィンターはスイート・ヘヴンのホテルをチェックアウトして、ワシントンDCの家に戻った。部屋に寄って郵便物を調べ、洗濯してある服に着替えた。それから、大学まで歩いていった。

午後になるにつれ、空はまた灰色に変わりはじめた。中庭は風が強く人気《ひとけ》がなく、雪が積もっている。がらんとしたキャンパスで、大学のレンガの建物と石の礼拝堂は未発見の廃墟のように見えた。いにしえの高貴な大志が、時の流れの中で朽ち果ててしまったかのようだ。

ウィンターの研究室は、学生が「ゴシック」と呼ぶ建物にあった。ゴシックは堂々たる大建造物で、アーチや切妻屋根や塔からできていた。大勢の講師や学生が行き来するにぎやかな学期の最中ですら、幽霊が出そうに見えた。今日は間近に迫ったクリスマスの静寂に包まれ、まさに幽霊しかいないように感じられた。まだ幽霊がいないにしても、今の気分を考えると、自分が幽霊をここに連れてきたかもしれない、とウィンターは思った。

誰もいない廊下を歩き二階に上っていくと、足音が虚ろに響いた。研究室の鍵を開け、中に入る。狭い箱のような部屋だった。脱いだムートンのコートをフックにかけるには、椅子の後ろをすり抜けなくてはならない。ぎっしり本が詰まった書棚と木製のデスクの間を体を横向きにして進んでいく。デスクは本と書類で覆われていた。回転椅子に体をねじこむようにしてすわった。椅子とデスクと窓の間には、ほとんどスペースがなかったのだ。

乱雑な部屋にもかかわらず、ここで仕事をすることは気に入っていた。とりわけ建物が深閑とする祝日の時期は。インターネットはびっくりするほど速いし、大学の研究資料がすべて利用できる。ただし、キャンパス外に持ち出せないものもあったが。

パソコンを立ち上げ、ヴィクトリアが送ってくれた資料をダウンロードした。トラヴィス・ブレイク担当の検察官からの証拠開示手続きの書類だ。証人の証言、警察の調書、トラヴィスの自供に目を通していく。

「俺は真実を言ってくれ、と彼女に頼みました」トラヴィスは警察に自供していた。「何カ月もずっと頼んでいた。どうしてナイフをつかんだのかは覚えていません。彼女を脅そうとしたんだと思います。それでも話してくれようとはしなかった。そのときは頭が半分おかしくなっていたんだと思います。もう耐えられなかった。気づいたときには彼女を刺してました」

最後に、マリーナの防犯カメラの録画映像があった。巻いたラグをかついだ男。映像は冬の夜の闇の中で撮影されていたが、防犯灯がついていたので、ラグをかついだ男がトラヴィスだとはっきり確認できた。

ウィンターは最後まで映像を見た。トラヴィスは自分の船を係留している埠頭のゲートを開けるために、ラグを置かなくてはならなかった。ヴィクトリアが言ったように、ラグは中のものを完全に隠せるほど大きくなく、トラヴィスが地面に置いたときに少しめくれた。警察が見たものをウィンターも目にした。わずかにのぞく髪の毛と顔。証拠開示手続きの書類には、画像を拡大したもう一本の映像と、ラグの中の遺体の一連の静止画像も含まれていた。さらに比較のために、ジェニファー・ディーンの写真も数枚添付されていた。

ウィンターはすべての資料を調べ、うなずいた。アーニャ・ペトロヴナにしろアンジェラ・ウィルソンにしろジェニファー・ディーンにしろ、それは彼女だった——ラグに巻かれたのは彼女の遺体だ。

すべての資料を見終えると、ファイルを閉じた。椅子に寄りかかる。空間がとても狭いので、窓の方に向くには、無理やり椅子を回転させなくてはならなかった。それからおなかの上で手を組み、中庭に目をやった。事務棟として使われている円柱がそびえる寺院の向こうに、カリヨンのある石の塔が見える。灰色の雲が流れてきて、塔の向こうでぶ厚くなり、雪で覆われた芝生に影を落とした。ウィンターはその光景をじっと見つめていたが、とうとう考えることを一切やめた。

それは彼がときどき話題にする、一風変わった思考の習慣によるものだった。すなわち、自分の意見をすべて手放し、しばらくその問題の事実とだけ向き合うのだ。彼にとって、謎を解明するのは純粋な理性ではなく、理論と想像力が入り交じって脳内を靄《もや》のように漂っていく不思議な感覚だった。窓の外を見つめ、言葉にできるような考えを一切持たずに靄の中を漂っていく。しばらくして、目覚めたかのようにまばたきした。靄は通り過ぎていき、彼は知りたいと思っていたほぼすべての答えを手に入れていた。

再び、苦労して椅子を回転させ、デスクに向き直った。パソコンの電源を落とした。立ち上がり、書棚と散らかったデスクの間をすり抜けていく。ムートンのコートに再び腕を通す。研究室のドアまで行き、それを引き開けた。

そこにはロシア人がいた。二二口径をウィンターの額に向け、にたっと笑うと引き金を引いた。

十五章

それは暗殺者の武器だった。モジュラー・サプレッサーつきのスコーピオン拳銃。ロシア人はサプレッサーを切り詰めていなかったので、銃口がウィンターの額に触れんばかりだった。的をはずす可能性はゼロだ。

ロシア人がにたっと笑わなければ、ウィンターはその場で死んでいただろう。しかし冷笑するには0・5秒かかった。0・5秒あれば、ウィンターには充分だった。ようするに、いかに彼が素早かったかということだ。完全に不意を打たれても、彼はドアをギャングの腕にたたきつけることができた。それも思い切り。ドアは男の手首にぶつかった。拳銃はごく小さなピシッという音を立てて発射されたが、手から吹っ飛んだ。弾丸はウィンターの顔の数センチ横をかすめた。

ロシア人も素早かった。ただちに拳銃は回収不能だと判断した。散らかった研究室のどこかにころがってしまったからだ。男はそのことを悔やんで時間をむだにしたりせず、ただドアに突進してきた。ウィンターは巨体にもろに突っ込まれ、小部屋の奥に飛ばされた。

背骨がデスクにぶつかり、うめき声がもれた。ロシア人は体ごとのしかかってきた。首を絞め上げられ喉を引き裂かれる前に、ウィンターはどうにかロシア人の手首をつかんだ。同時に目の前にある肋骨を殴りつけたが、ロシア人は黒い革製コートを着ているので殴打の勢いがそがれた。相手はもう片方の手を振り上げ、目をえぐろうとしたが、ウィンターはそれを前腕で受け止めて防いだ。

ウィンターはデスクから体を起こすと、ロシア人を書棚にたたきつけた。ロシア人はウィンターから手を離さなかったので、二人いっしょに書棚に倒れこんだ。本がバサバサと周囲に降ってくる。部屋では、本が落ちる音と二人の男の苦しげな息づかいだけが聞こえていた。どちらも大柄で、どちらも強く、どちらもよく訓練された戦士だった。だが今、二人はデスクと書棚のありえないほど狭い隙間に押し込められ、お互いに強力な攻撃を繰り出せずにいた。取っ組み合ったまま身動きがとれなかった。棚からさらに本が落下してきて、床に散らばる。書類がデスクからなだれを打って滑り落ちる。宙を飛んでいく書類も何枚かあった。

ロシア人は片手をウィンターの顎の下に差し入れ、どうにか喉を絞め上げようとしている。ウィンターの片手が書棚の分厚い本をつかんだ——バイロン卿の全詩集のハードカバーだ。その本を振り上げ、背表紙をロシア人の側頭部にたたきつけた、一度、二度、三度。だがその狭い空間では、しっかり力をこめることができなかった。殴るたびにロシア人の頭は片側にガクンと揺れたが、相変わらず絞め殺そうとして、ウィンターの顎の下の手が喉を狙っている。とうとうウィンターはロシア人の肘関節に本をたたきつけた。その一撃で男は手を離したので、ウィンターはすぐさま腕を伸ばし、バイロン卿全詩集の角をロシア人の鼻にめりこませた。

ロシア人の鼻から血が噴きだし、後ろによろけた。書類があちこちに飛び散る。さらに本が棚から落ちてきた。

ウィンターはバイロン卿をロシア人に投げつけた。男は頭をひっこめようとしてバランスを崩した。横に体が傾き、回転椅子の背もたれに頭を強打する。回転椅子が回り、男は椅子から滑り落ちて床にころがった。すかさずウィンターは男に飛び乗った。ロシア人は狭い隙間で思うように身動きできずにいたので、ウィンターは彼の体を起こして顔に五回パンチを食らわせた。コンクリート上で腕立て伏せに励んだ歳月によって固くなり太くなった関節で。指の関節が肉と骨を打つ音が部屋のしじまに大きく響いた。ロシア人の目が曇り、顎が落ちるのがわかった。

そこで、できるだけすばやくウィンターはデスクをつかんで体を起こし、立ち上がろうとした。彼の手の下で二冊の本がデスクから滑り落ち、ウィンターは危うくころびそうになった。だが、どうにかデスクと書棚の狭い隙間に立った。

そろそろロシア人が意識を取り戻しかけ、デスクと窓枠をつかんで床から立ち上がろうとしている。顔を覆っている血の仮面からのぞく目と歯が白く見える。

ウィンターはデスクを回りこんだ。書類と本で滑りやすく、足下が危なっかしい。ロシア人はほぼ立ち上がり、再び襲ってこようとしている。

ウィンターは銃を必死に探した。

ロシア人が咆哮をあげながら立ち上がった。パソコンをはたき落とし、デスク越しにウィンターにつかみかかってきた。血で赤黒くなった顔で白目を大きく見開いている。

だが遅かった。ウィンターは隅のコートフックの真下に銃を見つけた。急いで拾おうとした。ロシア人は手を伸ばし、ウィンターの腕につかみかかってきたが、ウィンターはその手を振り払い、膝をついてスコーピオンを手にした。

ロシア人はデスクを腹ばいで乗り越え、反対側の床にころがり落ちた。すばやく膝立ちになったときには、ウィンターがサイレンサーつきの拳銃で頭に狙いをつけていた。ロシア人は凍りついた。

「名前は？」ウィンターは息を切らしながらたずねた。

ギャングは返事をしなかった。ただ荒い息をつきながら膝立ちになっている。

「俺はおまえを殺すと思うか？」ウィンターはたずねた。

「殺せないよ」ロシア人は言った。

ウィンターは笑った。

ロシア人は考え直した。「ポポフだ」

「オブロンスキーの下で働いているのか？」

「以前は」

「で、今は？」

「今はシカゴにいる」

「ブランドン・ライトはどこだ？」

「知らない」

「嘘をついているな。彼はどこだ？」

「本当に知らない」

ウィンターは拳銃で脅す身振りをしたが、ギャングの言う通りだと気づいた。彼はこの男を殺すつもりはなかった。それほど冷酷ではない。彼の中にその冷酷さがなかったわけではない。以前はあった。もっとひどいこともしてきた。だが、今は昔とはちがう。

ポポフは彼の心を読んだようだった。血まみれの顔に笑みを浮かべた。よろよろと立ち上がりかけた。ウィンターは立つなとは言わなかった。どうしてもそうせざるをえない限り撃つつもりがないと互いにわかっているのに、脅しをかけるのは無意味だ。警察を呼ぶぞと脅せるかもしれない。実際、そうしようかと検討した。しかし、だめだ、それもするつもりはなかった。今はだめだ。せっかく真実に近づきかけている今、どうあっても警察に首を突っ込んでほしくなかった。

そこで、銃を片方の脇に下ろした。男の手が届かない位置に。

ポポフは立ち上がった。口元の血をぬぐい、その手を黒い革ジャケットでぬぐった。二人は見つめあった。二人とも肩で息をしていた。

「すると、何のためにここに来たんだ?」ウィンターはたずねた。

ポポフは軽蔑するような声をもらし、口の端から空気といっしょに血を吐きだした。背中を向け、よろよろとドアに向かう。

「せめて俺を殺そうとした理由を言え」

ポポフはドアを開けた。だが、そこで足を止めた。ウィンターを振り返った。

「おまえはアーニャを殺した男のために仕事をしてるんだろ?」

「彼の弁護士のために働いている」

「もう、やめろ」ポポフは言った。

彼は研究室を出ていき、ドアを閉めた。

第三部　根源的なもの

そのクリスマスは——シャーロットの母親がジェニーヴァの教会墓地に埋葬されていることが判明したクリスマスだ——シャーロットと過ごした、つまりミアの家で過ごした最後のクリスマスになった。いくつかの点で、それは俺の最後のクリスマスでもあった。その後、シャーロットは去り、俺にとっては、彼女とともにクリスマスシーズンも連れ去られてしまったのだ。

だが、その最後のクリスマス——いっしょに過ごした最後のクリスマスシーズンは、不思議な夢みたいな悲しいできごとになった。俺はあの小さな家の外でしたキスのことをぐずぐず気に病んでいた。彼女の一家がドイツから移住してきて初めて住んだ家だ。キスの後のシャーロットの表情のことをまだ考えていた。「今はだめ、でも、いつか」と言いたげな表情のことを。もちろん、俺はそれ以上のことを夢想していた。彼女が俺の腕の中で体を震わせながら泣き、「ああ、ついに王子さまが現れたのね」とか、まあそういうたぐいのことを言うのを空想していた。だが、実は心の底で予想していたのは怒りと拒絶だった。だから白状すれば、彼女があういう表情を向けるとは、これっぽっちも期待していなかった。

それでも、クリスマスツリーの周囲に集まり、あの瞬間を何度も何度も脳内で再生していると、今年のこの家はひどくおかしい、ということが十代の少年の意識にじわじわと染みこんできた。シャーロットと父親のアルバートはなぜか反目していた。口論とかをしたわけではない——俺が見ていた限りでは——ただ、警戒している猫みたいに互いの周囲を歩き回っていた。それは本当に奇妙だった。シャーロットは十代になってもずっと父親を敬愛していたからだ。なにくれと父親の世話を焼き、真面目くさってからかい、朝にはコーヒーを、夜にはビールを運んでいった。だが、今年はそういう場面が一切見られなかった。そして一、二度、キッチンにいるところや、自分の部屋に一人きりでいるところを開いたドアから目にするたびに、泣いていたように見えた。それもまた、ふだんの彼女にはそぐわないことだった。

以前、話したが、謎に直面すると起こる「一風変わった考え方をする習慣」ってやつを、振り返ってみると、そのとき初めて経験したのだった。クリスマスイヴに寝支度をしていたときのことは今でも覚えている。ベッドの端にすわって服を脱ぎ、ソックスを脱いだ。しばらくして、いきなり気づいた、さっきからただそこにすわり、片方のソックスははいたまま、もう片方のソックスを手にして、ぼうっと宙を見つめていたことに。俺は何も考えていなかったが、すべては頭の中にあった。俺が中央にいて、人物たちが周囲に散らばっているみたいに。殺された少女アデリーナ・ヴェーバーについてのアルバートの幽霊譚、シャーロットが読んでいた東ドイツについての本、ジェニーヴァの小さな家の裏手の墓地。シャーロットの母親の墓。すべてを一気に理解したわけではない。そんなふうに整然と解決できることは絶対にない。ただ、目の前が開けたように感じ、自分が努力さえすればすべてをきちんと整理でき、その意味をつかむことができるはずだと確信したのだ。とはいえ、俺はキスした後のシャーロットの顔について考え続けた。こう伝えていたあの表情を。今はだめ、でも、いつか。

そしてクリスマスは終わり、俺は都会に、家庭教師たちと、俺の親であることにほとんど自覚がない二人の裕福な社交界の名士たちのところに戻っていった。シャーロットはその後、一度も訪ねてこなかった。彼女とは二度と会わなかった。いくつかの理由から、俺は彼女と会いたくなかったのだと思う。ひとつには両親の結婚が破綻しかけていて、家は幸せな場所ではなかったからだ。だが何よりも、あのキスの約束を反故《ほご》にするようなことが、シャーロットと自分の間に起こってほしくなかったからだ。

秋に、シャーロットは大学へと去っていった。インディアナ州の小さな大学の教養学部だ。遠くない、車でわずか数時間だ。しかし、向こうの彼女にメールしたが――挨拶だけの友人としてのメールだ――返事はなかった。そして、その年のクリスマスが来たとき、彼女は家に帰ってこなかったし、俺はミアの家に招かれなかった。

絶望したとまでは言わないが、そのことは忘れられなかった。若いときは誰でも先に進むように、俺も先に進み続けた。十七歳で情熱的な恋に落ち、頭と、肉体の恋愛に関連した部分がしばらく占領された。だが、シャーロットがそんなふうに消えてしまったこと、俺の人生からだけではなく、愛する家族の人生からも、一切の連絡も説明もなく消えてしまったこと――その事実は俺を変えた。それはいわば静かなトラウマになった。最初は感じることすらないが、しばらくして影響が出るようになって初めて、あれはトラウマだったのだ、と気づくようなダメージをもたらしたのだ。その後、俺の心はシャーロットの幽霊、あのキスの幽霊、キスが終わったときの彼女の表情の幽霊、そうした幽霊たちが住む幽霊屋敷になった。歳月がたっても、俺はなぜか立ち直れなかった。俺にはわかっていた――きちんとわかっていたのではなく直感していた――もう一度彼女と会うまでは元通りになれないと。

大学に入って一年目に、どうしても彼女を見つけようと決意した。そのときには情熱的な十七歳の恋は終わっていたし、ひとときは楽しくても、あとで彼女たちのことを考えると多かれ少なかれ落ち込むような一時的な短い関係しか持っていなかった。自分の心はどこか病んでいると感じるようになっていた。シャーロットに会うまでは、彼女の目を見て、キスの約束が果たされるかどうか確かめるまでは癒やされない、と思った。

十二月に彼女にメールして、訪ねていきたいと伝えた。もちろん十二月を選んだ。かつてのクリスマスの気分を甦らせることができるかもしれないと期待したからだ。意外にも、返信が来た。最後に会って以来、初めての返信だった。短い文面だったが、シャーロットは住所を教え、ディナーに招待してくれた。

俺たちが会ったのはそれが最後で、悪夢だった。比喩的な意味ではない。あんなことが実際に起こりうるのだろうか、といぶかるほどの悪夢だった。まずいことに、俺はディナーの約束の数日前に風邪をひいてしまった。そして当日には、わずかに熱があった。風邪薬を飲んで頭をすっきりさせようとしたが、かえって状況は悪化した。夜になる頃には、世界は見知らぬ、ぼやけた存在になり、不気味にすら感じられていた。誰かがしゃべっているときは、別の部屋で話しているみたいに声がくぐもって聞こえた。人の顔が夢の中のように目の前を流れていった。頭がぼうっとしてめまいがした。

シャーロットはもうキャンパスには住んでいなくて、近くの町に引っ越していた。連棟住宅の真ん中の家だ。どの家もきれいな下見板張りで三角屋根、表側にポーチがあり、小さな芝生がついていた。どの家も昔はりっぱだったが、今はややくたびれた風情だった。

外に駐車したときは暗くなっていた。暗くて凍えそうなほど寒かった。芝生には雪が積もり、宙を雪が舞っていた。ポーチの階段を上っていくと、鼓動が速くなった。ドアをノックし、片手にワインのボトルを握りしめて待った。ディナーのために買ったプレゼントだ。頭をはっきりさせ、熱と風邪薬に負けまいとして、ぎゅっと目をつぶったのを覚えている。

そして目を開けると、戸口に彼女が立っていた。懐かしいシャーロットだったが、あの頃と同じではなかった。まず、ブロンドの髪を黒く染めていた。しかも以前のような編み髪ではなくて、繊細な顔の周囲にくしゃくしゃにもつれた髪を垂らしていた。かつては磁器の人形のようだったが、今は放蕩なロマみたいだった。さらに、服装もがらりと変わっていた――以前のようなドレスデンのきちんとした主婦みたいな外見ではなくなっていた。そう、彼女は猛烈に現代的になり、黒いTシャツの下はノーブラで、片方の膝がボロボロにすりきれた洗いざらしのジーンズをはいていた。

俺に会って彼女は大喜びしているようだったが、こっちは頭に靄《もや》がかかっていて熱っぽかったので、本当にそうだったのか、いつものようにただの自分の印象なのか、よくわからなかった。シャーロットは片方の肩をつかんで、俺をぐいと引き寄せると、頰に軽くキスした。そして奇妙な高い声でクスクス笑いながら言った。「びっくり、すっかり大きくなっちゃって。ずいぶん大きな男の子に成長したものね」

部屋に案内する間じゅう、彼女はその話題に固執し続けた。俺がどんなに大人になったか、小さなときのことはよく覚えている、暗闇を怖がっていたのでベッドにすわって慰めてあげた――甲高い声で早口にしゃべり続けた。俺を見下して子ども扱いしたのだ。まさに俺が十二歳の子どもで、彼女は十四歳、俺には夢見ることもできないすばらしい大人の女性だったときみたいに。その結果、あのキスを再現したいという期待はまちがいなくつぶされた。もしかしたらそれが狙いだったのかもしれない、よくわからないが。

その調子でしゃべりながら、彼女は俺にワインを注いでくれ——リビングの古ぼけてたわんだソファに並んですわった。それでも、俺はワインを飲みながら、彼女の目を見つめ、愛した少女の面影を見つけようと努力した。

ひとロワインを飲むたびに、世界はぼやけ、ますます奇妙に、ますます夢の中のようになっていった。周囲のイメージが印象派の絵画さながら渦巻いていた。キャンドルと三枚のプレースマットが置かれたダイニングテーブル。安っぽいくたびれた家具。クリスマスのデコレーションはなし。ひとつもない。壁に数枚のポスターと美術館の展覧会の版画だけ。どれも暗い悪夢さながらの暴力的な作品だったが、戦慄するほど写実的だった。目を大きく見開いた馬の背中に噛みついているライオン、受胎告知の風刺画のように乙女のベッドにすわる死神。怪物が跋扈《ばっこ》する谷間にいる騎士。頭のおかしな男が目の前で妄想を叫んでいるみたいに、それらのイメージは俺の五感に襲いかかってきた。そしてシャーロットがべらべらとしゃべっている間——「あのかわいらしい野球ゲームの包みを開けたときのあんたの顔、ぱあっと輝いたっけね」——俺は心の中で思った。どうしてプレースマットが三枚あるのだろう？　なぜ三枚なんだ？

すぐにその答えを知った。ソファにすわってからどのぐらいの時間がたっていたのかは、よくわからない。でもそれほど長くなくて、おそらく十五分ぐらいだったのだろう。俺はグラス半分のワインを飲んだが、充分すぎるほどだった。風邪薬との相乗効果で、部屋もポスターも、ロマみたいな髪をして、甲高いクスクス笑いをしながら立て板に水のようにしゃべる見慣れない奇妙なシャーロットも、すべてが次々に変わる幻影のように感じられてきた。

そのとき玄関ドアが開くのが聞こえた。

シャーロットはさっと立ち上がって叫んだ。「エディが来た！」

俺の耳には、彼女の言葉は地面から悪魔を呼び出した山の魔女の勝利の雄叫びのように聞こえた。

「エディが来た！」

その印象を裏付けるように、爪が床をひっかくような音がした。エディとかいう人物を迎えるために、ふらつきながら立ち上がると、車ぐらいの大きさの二頭のドーベルマンが部屋に突進してきた。

俺を見るなり、二頭は喉の奥からうなり声を発し、狂ったように吠えはじめた。俺が酒でふらつきながら恐怖のあまりあとずさると、二頭は走り寄ってきた。俺は壁際に追い詰められた。二頭は俺をそこに釘付けにすると、よだれを垂らし、うなり、牙をむき、凶暴な飢えた目を俺の顔から一瞬たりとも離そうとしなかった。

そこにエディが入ってきた。

小柄な男だった。身長はせいぜい百六十六、七センチ。三十代だ。奇妙な体型だった。とびきり太い腰にやけに細い脚がついていて、そのせいでぐらぐら揺れるおかしな歩き方をした。肩幅はとてつもなく広く、腕は獣のように太く力強かった。あまりにも珍妙な姿に思えたので、ふつうなら彼に同情を覚えただろう。仲間意識のようなものを。なのに、たちまち彼に冷ややかな感情を抱いたのは、たんに熱のせいか嫉妬のせいだったのかもしれない。いや、そうではない。彼のまとう雰囲気のせいだったのだ。ふわっと流した後退しかけたブロンドの前髪、その下で悪意をたぎらせている目、さらに、あまりにも陽気すぎる笑み、それらのせいだった。頭がぼうっとしていたせいか、子どもの頃に持っていたドイツのおとぎ話の本の挿絵を思い出した。森の奥でにやにや笑っている悪いトロール（ノルウェーの伝承に登場する妖精）を。犬たちに追い詰められているのに、彼は俺に笑いかけてきた。犬たちは彼の手下に思えた。

シャーロットが進み出てきて挨拶した。エディが彼女のウエストではなくお尻に腕を回すと、彼女は相手の髪の毛に顔を近づけ、愛情こめて鼻を押しつけた。

二人とも俺の窮状にはまったく無関心のようだった。牙をむいている悪魔の犬ども。俺の心臓は恐怖のあまり早鐘のように打っていた。シャーロットはまったく気づいていなかった。

愛想よくこう言った。「キャメロン、こちらはエディよ。あたしのボーイフレンド」

その時点で、ようやくエディは何が起きているのか気づいた。低いガラガラ声であわてた様子もなく叫んだ。「ドナー！　ロキ！　ストップ！」

犬たちは信じられないと言わんばかりに主人を見た。聞き違えたのかもしれない、本当はこいつを引き裂けと命令したんじゃないか、と期待するように。

しかし、彼は繰り返した。「ストップ！　伏せ！」

二頭は騒々しく吠えたりうなったりするのをしぶしぶ中断し、不機嫌そうに床に伏せたが、凶暴な目つきで俺をじっとにらんだままだった。

「初めまして」エディの声には、俺には悪魔のような悪意と感じられるものがこもっていた。「シャーロットからさんざん聞いてるよ、面倒を見ていた子の話を」

面倒を見ていた子。では、彼もその話題を続けるつもりなのだ。

だが、これは悪夢の前奏曲でしかなかった。これは本物の悪夢が始まる前の悪夢だった。まもなく、三人でディナーのテーブルについた。ボーイフレンドのエディはテーブルの上座にすわり、シャーロットは下座から彼を崇拝するように見つめ、俺は二人の間にはさまれていた。一方、地獄からの犬たちは食べ物のおこぼれに与《あずか》ろうとしているのか、俺のはらわたを引き裂いて喉を食い破れ、という命令を待っているのか、脚の間をうろつき回っていた。

熱があり、夢の中にいるように朦朧《もうろう》とした状態でこういうことが起きたと、想像していただきたい。安っぽいパスタのディナーを食べている間ワインを飲み続けたせいで、その状態はどんどん悪化していった。シャーロットは相変わらず甲高い声でクスクス笑いながら俺の子ども時代についてしゃべり続け、そのせいで夢の中の夢みたいなクリスマスの思い出が甦ってきた。そしてエディは——ボーイフレンドのエディはときどき発言したが、それはファシストの国で上演される堅苦しい演劇のコーラスさながら、芝居がかっていて嫌味なエセ英知だった。

シャーロットは「ねえ、あのクリスマスの村が大好きだったでしょ、機関車がポッポー、ポッポーってぐるぐる回っていた村」というようなことを俺に言った。

俺は屈辱を味わっていないふりをして、笑みを浮かべようと努力した。

やがて、しゃがれた声で、ボーイフレンドのエディが言いだした。「ペテン行為は結局どうなったんだ?」

そこで俺はくらくらする頭でたずねた。「ペテン? クリスマスが?」

彼は自分は大広間の王だと言わんばかりに、尊大にワイングラスを振った。「この時代のクリスマスなんて信じられない。この退廃の時代に幸せな家族とはな。すべてがまやかしさ」

そしてシャーロットは、恋人が天才レベルの洞察力を発揮したかのように「そうよね。とんだまやかしよ!」と相づちを打った。それから、俺のとまどった顔に気づき、「ああ、忘れてた。あんたはいきさつを知らなかったものね」と言った。

「常にいきさつというものは存在する」エディは宣言した。「それはまちがいない、本当だ。幸せな家族という幻想の下には真実が潜んでいる」

「幻想の下の真実、まさにね」シャーロットは唱和した。

「幻想の下の真実とは何だったんだ?」俺はたずねた。大人びた言い方を心がけた。シャーロットが子ども扱いすることに対抗しようとしたのだ。だが、その口調はミステリ映画の探偵のように聞こえたかもしれない。その探偵は意識を失う直前に、飲み物に薬が入れられていることに気づく。俺はすっかり混乱して、二人が何を言おうとしているのかさっぱりわからなかった。

「ほら、お墓のこと、覚えてる？」シャーロットが妙な甲高い声でたずねた。ヒステリーを起こしかけている声だった。「幽霊話のお墓そっくりのお母さんのお墓」

「アデリーナ・ヴェーバーだね」どうにかつぶやいた。「覚えてるさ」

「アデリーナ・ヴェーバー」エディが繰り返し、俺に向かって指を振った。まるで俺が年若いくせに、とてつもなく賢いことを言ったみたいに。「きみが誇りにしているこの死にかけた文明の下には、常にアデリーナ・ヴェーバーが埋葬されているんだ。本当だぞ。しかも、一人だけじゃない。埋葬されたアデリーナが何人も存在している」

俺は死にかけた文明を誇りにしていない、と反論しようとしたが、うまく言葉を紡げなかった。そこでシャーロットに話しかけた。「彼女は現実だった、そう言っているの？」

ふらふらしている頭でも、そう言ったとたん、とっくにわかっていたことに気づいた。アデリーナ・ヴェーバーは現実だった。俺が片手にソックスを持ち、虚空を見つめてベッドにすわっていたときからずっと。そのとき、俺は理解した――というか、無意識のうちに悟ったのだ――アルバートの物語の幽霊はかつては現実の女性だった、シャーロットの父親は東ドイツにいたときに彼女の死になんらかの責任があった、ということを。

「ええ、そうよ」シャーロットは俺の推測を認めた。「彼女は現実の人間だった。幽霊ですら現実だった。彼女はお父さんに取り憑いていた。お母さんにも」

「いいかい、ある意味で」とボーイフレンドのエディがもったいぶって口を開いた。「ある意味で、幽霊物語はすべてアルバート自身のことだったんだ、すべてがね。幽霊に取り憑かれた警官は彼自身だし、気の毒な少女を愛の巣まで追っていった父親もしかり、その恋人も彼だ。幽霊譚は魂の葛藤だった。登場人物全員が彼自身だったんだ」

一瞬、彼をまじまじと見つめた。悪意に満ちた陽気な目を、乱れた髪をした横柄な姿を。彼の喉につかみかかり、体ごと椅子から持ち上げてやりたかった。

なぜか犬は俺の心を読んだようだ。二頭はテーブルの下で険悪な警告のうなり声をあげた。はらわたをえぐられる危険を避けるために、俺はこの男の喉を絞め上げる計画をあきらめ、シャーロットに向き直った。

「その通りよ!」シャーロットは言った。「お父さんはシュタージの内通者だったの」そのことにクスクス笑いをもらした——理由はさっぱりわからないが。

「みんなそうだったんだ」エディはしかめっ面をして手を振った。「適応しなくてはならない。それ以外にできることがあるかい?」

「そう、みんなそうだった」シャーロットが楽しげに繰り返した。「少なくも当時は多くの人がね。しかも、いい、お父さんはドイツ人民警察に勤めていた。わかっているべきだったのよ」

「たんに流れの一部さ」エディが言った。「いったん腐敗が定着したら、そのまま過ぎていく」

ここにいたって俺は啞然としてシャーロットを見つめた。もはや何ひとつ理解できなかったからだ。何もかもがとてつもない悪夢に思えた。

「お母さんは別よ」シャーロットは言った。「お母さんはそれに加わっていなかった」

エディは馬鹿げている、と言わんばかりに鼻を鳴らした。

「いいえ、お母さんはちがったの！」シャーロットは弱々しく彼に訴えた。「ちがったのよ、エディ」

エディはむっつりと肩をすくめた。「ま、そういうことにしておくか」

「だからお母さんはすごくショックを受けた。アデリーナの娘がファイルのコピーを送ってきたときに――シュタージのファイルよ、それが世間に公表された後でね。そこに書かれてたの。お父さんがずっとアデリーナの愛人だったって。そして反革命活動をしたかどで、シュタージに彼女を密告した。彼女はバウツナー通り刑務所に入れられて尋問を受け――」

「拷問された」エディが口を添えた。

「そう、拷問された。その後まもなく、アデリーナは死んだ」

「まちがいない」ボーイフレンドのエディは言う。「恐怖、弱さ、腐敗。それによって、こういうことになるんだ」

「でも、笑えるのはそのことじゃないの」シャーロットは言って、またクスクス笑った。まるですべてが冗談だと言わんばかりに。「滑稽だったのは、お母さんがあなたは何をしたのか、とお父さんを問い詰めたときのことよ。彼の言い訳を知ってる？」

シャーロットは俺を見て答えを待った。俺が答えを推測しようとしていると思っているみたいに。すると、エディがかたわらでつぶやいた。「常にこういうことが起こるんだ、本当だ」二人が何をしゃべっているのか、ろくすっぽわからなかった。

「彼の言い訳ってのはね」シャーロットが続けた。「そうしなければ国から出られなかった、ってものだった。なぜかアデリーナは宝石を持っていた、小袋に入れた宝石を隠していた。教会に集まる地下組織のグループのために、それを持ってたの。西への脱出の費用になるはずだったんだと思う。情事の間に、お父さんはそれについて知った。だから彼女をシュタージに密告したの、宝石を手に入れるためにね。この国はもうおしまいだと感じ、脱出に必要だったお金をそうやって手に入れたのよ。ソビエトが東ドイツを見捨て、ドイツが平和を保つために反体制の人々を国外追放し始めたとき、お父さんは賄賂をつかませて列車に乗り、家族を連れて最終的にアメリカまでたどり着くことができた。お父さんがアデリーナ・ヴェーバーを裏切ったから、あたしたちは脱出することができたの。それで母は死んだんだと思う。自分が利益を得たという事実のせいで。知らなかったとはいえ、それに加担した、共謀してしまった、という事実のせいで。それに耐えられなかったのよ。ともかく、あたしはそう信じている」

「全員が共謀者さ」ボーイフレンドのエディは言った。「それが一連の行為だ。本当だ」

「殺したのか……」俺はくぐもった声でたずねた。「きみのお母さんを殺した……」

「まあ、事故って言ってるけどね」シャーロットは言った――その口調はうきうきしているようにすら聞こえた。「アルコール。ドラッグ。薬の過剰摂取。過失にちがいないって言ってる……」

「そして、最後まできみに話さなかった」ろれつが回らなくなっていた。「お母さんはドイツで死んだと言っていた」

またもやシャーロットはクスクス笑った。なんて馬鹿馬鹿しい皮肉なの、と言わんばかりに。「ある意味ではそうだったんだと思う。たしかにドイツで死んだのよ。事実を知らされたのは、お母さんが最後だった」

エディも笑い声をあげた、しゃがれた笑い声を。「ハハハ。そりゃ、傑作だ」。するとシャーロットは彼が賛同してくれたことに満足してにっこりした。とたんに、テーブルの下の犬たちがワン、と吠えた。彼の手下ども。それからエディは俺に言った。「ハハハ。自分の顔を見てみろよ、キャメロン」彼はまた笑った。「仮面がはがれると、いつだってそうなる。なあ、ショックだろ！　怖いだろ！　クリスマスの幸せな家族が住むシュッポポッポッ列車が走る村は、壁紙みたいにはがされ、その下には何がある？　アデリーナだ。隠されていた真実だ。まちがいない。あんたの顔、実に見物《みもの》だな。マジで」

だが、彼はまちがっていたんだ。ボーイフレンドのエディはすっかり誤解していた、意地悪なチビのトロールは。俺の表情が示していたのは、まるっきりそんなことじゃなかった。俺は現代生活の偽善やインチキや退廃にショックや恐怖など感じていなかった。それどころか、その瞬間には、この世は偽善ぶってもいないしインチキでもなく退廃的とも思っていなかった。薬で、いや、薬に加えて酒で朦朧とした夢みたいに混沌とした渦巻きの中で、シャーロットとそのクスクス笑いとトロールみたいな恋人と悪魔の犬が、靄の中をぐるぐる回っていた。そんな状況で唯一現実だと感じられたのは、子ども時代のクリスマスだった。クリスマスデコレーション、電球が飾られたツリー、居心地のいい小さな家に漂うお菓子を焼くいい匂い、プラスチックの村をシュッポポッポと走り回るおもちゃの汽車、そして、そのすべてがとても自分を幸せにしてくれたこと――それにシャーロットと、当時、彼女を深く愛していたことだった。かたや非現実的で悪夢のように感じられるのは、これだ、今のこれだ――この過去の話、俺の知らない国のぞっとする裏切りの物語だ――この浮かれたロマのシャーロットだ――くだらない発育不良の小男だ――床で鼻をうごめかしている獣たちだ――壁の暴力的で陰鬱なポスターだ。俺がしがみつくことのできる確かな現実、それはもう一度言おう、愛する人とともに過ごしたあのクリスマスなのだ。それに怒りと醜悪さを塗りたくって薄っぺらだと思わせようとしているのだ。

ディナーが終わると、大急ぎでそこからよろめき出たのを覚えている。犬が吠えながら追いかけてきて、エディが二頭に叫んだ。「ストップ！　伏せ！」車のところで振り返ると、戸口に二人が立っているのが見えた。片手にワイングラスを持った奇妙な小男が、もう片方の筋肉質の太い腕をシャーロットの尻にウエストでもあるかのように回していた。

そしてシャーロットは――黒髪のロマみたいなシャーロットは、俺が帰るのを見送りながら、大げさな笑みをこしらえていた。その目は明るく濡れていて、かすかな悲しみが浮かんでいた。最後にちょっと足を止め、彼女の顔を探った。俺が記憶していたあの表情の名残が、キスをした後のあの表情が隠されていないかと。今はだめ、でも、いつか。

だが、その痕跡はかけらもなかった。いつか、は見当たらなかった。いつか、はまったく存在しなかった。

それっきり彼女とは会っていない。

十六章

ウィンターが話し終えると、マーガレット・ホイッティカーはしばらくの間、用心深く沈黙を保っていた。彼の奇妙な話がようやく終わってほっとした。そこから何かを引き出す、あるいは彼がそうするのを手伝うのは、彼女次第だ。だけど、何を？

彼はクライアント用の椅子にすわっていた。ジーンズと白いケーブルニットのセーター姿で前屈みになっている。しゃべり終わって疲れ切っているようだ。うなだれているので、マーガレットには喉の黒い痣《あざ》が見えなかった——おかげで気が散らなかった。心配はしていた。マーガレットは痣を見るなり、暴力沙汰の痕だとわかった。しかし、彼が口にしなかったので、それについてたずねる前に時間を稼ぐことにした。

ウィンターは重たげなまぶたの下から、彼女に視線を向けた。その目は挑発的に見えた。慎重に進めなくてはならない、とマーガレットは気をひきしめた。目の前にいるのは知的な男だ。教養があり、感受性が豊かで洞察力にすぐれた男。三回の面接のすべての時間を使って、この風変わりな話を聞いてもらいたい、と言い張った。それには理由があるにちがいない。何かの符号か比喩が隠されているのだろう――彼の憂いの底に潜むものについて説明するには、こういう方法でしかできなかったのだ。

サイコセラピストは椅子の腕木に肘を突き、親指で顎を支えると、人差し指をこめかみにあてがった。

「その言葉だけど」彼女は言った。「エディが使った言葉。何でしたっけ？　魂の葛藤。これまで聞いたことがないと思うの。どういう意味ですか？　知っている？」

ウィンターは深く息を吸うと、椅子の中で背筋を伸ばした。「文学研究での用語です。それぞれの登場人物が、一人の人間のちがう側面を象徴している物語や詩を検討するときに使われることがあります。たとえば、ウィリアム・ブレイクの叙事詩において。彼の神話の登場人物は、たったひとつの精神のさまざまな側面を象徴している。創造的な衝動、批判的な良心、妨害された欲望など。ともあれ、そういうふうにブレイクは読める」

「なるほど。夢もときにそういうふうに感じられますね。夢と幻想は。夢の登場人物は、夢を見る人のさまざまな側面を象徴している」

「たしかに」

「すると、ある意味で、エディが言った通りなのでは？　ボーイフレンドのエディ、そう呼んでいましたね。アルバートの幽霊譚で、アルバートはアデリーナに取り憑かれた警官であり、同時にアデリーナの恋人であり、もちろん父親で――シュタージでもあって、娘を発見して殺した。ある意味で彼は幽霊でもあった、と思います。幽霊は彼の良心だった」

ウィンターは宙をぼんやり見つめながら、ただうなずいていた。

「あなたの物語はどうなの、キャム？」マーガレットはたずねた。「シャーロットとミアとアルバートとボーイフレンドのエディと悪魔の犬についての物語。それも魂の葛藤？」

ウィンターはあいまいに微笑んだ。「実際に起こったことなら、魂の葛藤にはなりませんよね？ いや、わからない。もしかしたらなるのかも。詩人のキーツはこう言っています。『少しでも価値のある人生は継続的な寓話だ』だから、ありうるのかもしれない」

「人生が寓話になるのは、それを語るときでしょ。そういうものじゃない？ わたしたちは自分の紡ぐ物語の中で、本心をさらけだしている」

ウィンターは低くうーんと応じただけだった。

マーガレットは彼を観察しながら言葉を重ねた。「喉の痣はどうしたんですか？」彼女はついにたずねた。「どこでそれができたの？」

彼は大きく息を吸い、それを吐き出してから答えた。「ポポフという名前のロシア人のギャングに殺されそうになったんです」

「ポポフ……」彼女は笑いながら繰り返した――だが、冗談じゃないことを見てとって、笑いをひっこめた。「それは前に言っていた、もうひとつの仕事のせいで？ 罪を犯した人々を追跡するっていう、あなたのそういう――思考の習慣を利用する仕事？」

「まあ、そんなようなものです」

「で、このロシア人ギャングのポポフだけど、彼はあなたに追跡されたくなかったわけ？」

ウィンターは首を傾げて考えこんだ。「ともかく何かを追跡してほしくなかったんです」

「それが何かはわからないのね？　彼があなたを殺そうとした理由を知らないの？」

「実はいくつか見当がついています。ようやく筋道が見えてきました。まだよくわかっていないことが、ひとつだけあります」

マーガレットは返事をしなかった。まだじっと彼を見つめていた。顎を親指にのせ、頬に指をあてがって。

「わたしが思うに」とゆっくりと口を開いた――そして体をまっすぐにすると手を下ろし、両手を組んで膝に置いた。「あなたの人生の寓話で、つまり、このシャーロットと家族の物語で、あなたという登場人物は、自分の精神が働くのを観察している自分自身を象徴しているんだと思う。そしてアルバートはアルバートだけど、彼はあなたでもある――あなたは裏切り行為をした。過去に恐ろしい行為、たぶんアルバートみたいな裏切りをして、自分の利得のために女性を殺した」

ウィンターは冷たいグラスの水を顔にぶちまけられたみたいに、びくっとした。背筋を伸ばすと、彼女にじっと視線を注いだ。

「そしてシャーロットはシャーロットだと思う」マーガレットは続けた。「だけど、シャーロットもあなたなのよ。あなたの無垢な部分はあなたのやったことを見ていて、これでは愛されなくなる、喉から手が出るほどほしい愛にふさわしくなくなる、と恐れている。さらにエディはエディだけど、エディと彼の犬もあなたであると思う。エディはあなたの精神的努力を象徴している。理性的になろうとする努力、過去に犯してきたおぞましい行為から、あなたがもたらした死から距離をとろうとする努力を。さらに犬は、罪悪感にむさぼり食われそうになっているあなたの一面なのよ。そして今、無垢なあなたと邪悪な合理主義のあなたはひとつに結びついた――エディとシャーロットのように」

マーガレットが話し終えてから一、二秒、ウィンターは身じろぎもしなかった。まっすぐすわり、驚愕の色を顔に浮かべて彼女を見つめていた。それから、息を吐いた。ふうっ！

「何を考えているんですか？」彼女は質問した。

さらに重苦しい沈黙が続いた、一秒、二秒……。

すると、ウィンターがつぶやいた。「それが答えだ、そうですね？」

「え、どういうこと？」

「俺がひとつだけ解明できなかったことです。それだ。あなたが答えを与えてくれた」

マーガレットは首を振った。やはり彼を理解していなかったようだ。

これでマーガレットにもすべて明らかになったと言わんばかりに、彼は開いた手のひらを彼女に向けた。

ウィンターは言った。「今なら、トラヴィス・ブレイクが殺人をしても逃げられると考えた理由が理解できます」

十七章

ウィンターはサイコセラピーを終えると、まっすぐスイート・ヘヴンに向かった。車の速度を上げた。時間があまりないとわかっていたからだ。首都の建物が後ろへ遠ざかっていき、ジープの大きなフロントウィンドウ一杯に、雪が降りだしそうに暗い前方の空が広がっていた。

吹雪に向かって車を走らせているのだ。頭が混乱していた。この女性、このサイコセラピスト、マーガレット・ホイッティカー――彼女のせいで気持ちがかき乱されていた。彼の目をのぞきこむ仕草に、彼の心をむきだしにするやり方に。あれは気に入らない、面接をキャンセルするべきだった。しかし、それはまったくの嘘だ。とても気に入っていた。苦痛だったが、自分のためになっていると感じられた。憂鬱が晴れかけていた。罪悪感、屈辱、悲嘆の陰に横たわる渇望が明るいところにひきずりだされ、光の中で和らぎはじめていた。マーガレットがあんなに完璧に彼の心を見ることができるなら――彼のすべてを見てとりながらも、オフィスから外の闇に放り出さなかったのなら、自分で恐れているほど愛に値しない人間ではないのかもしれない。

さらに今、マーガレットの本質を見抜く力がパズルの最後のピースを与えてくれた。トラヴィス・ブレイクの完全なる真実を。

小さな町に到着したのは三時十五分前だった。与えられている時間は十五分だけだ。メイン通りで速度を上げ、まるでクリスマスカードから抜け出てきたみたいな、もみの木のリースと電飾とサンタの絵が飾られた昔ながらの店先を走り過ぎた。堂々たる郡役所と裁判所の建物から半ブロックの場所に、ジープを駐車する。残りの距離は、冬のコートを着た買い物客の間を縫いながら小走りになった。

裁判所のホールに大股に入っていくと、ヴィクトリアが語ったことを肌で感じた。どこもかしこも軍人だらけだ。ホールの警官たちは元兵士。検察官も元軍人だし、書記官の一部ですらそうだ。全員が戦う男らしく、背筋がピンと伸びているが、ゆったりとした身のこなしだった。まるで、かつて海外で滞在したことがある前方作戦基地に戻ったみたいだ。

息を切らしながら二階の法廷に入っていったが、どうにか間に合った。量刑審問の予定時刻まで、まだ三十分ある。審問にはたくさんの傍聴人がやって来ていて、すでに傍聴席が埋まりかけていた。その大半が兵士で、ほとんどが通常軍服姿だったが、胸にメダルをつけ正装をしている者もいた。ニコラ・アトウォーター校長も来ていた。彼女は前列で、別の女性、若いブロンド女性と並んですわっている。あれがヘスターだろう、ライラの友だちのグウェンの母親だろう、とウィンターは推測した。

ミセス・アトウォーターは彼が入っていくと、すわったまま振り向いた。厳粛な面持ちで彼にうなずきかけた。彼もうなずき返した。そのときヴィクトリアを見つけた。彼女は陪審員席の向かいの横手のドアで彼を待っていた。留置場に通じているドアだ。

急いで彼女のところに行くと、とても疲れた様子なのに気づいた。ふだんは明るく輝いている目に精気がなく、青白い頬のそばかすが際だっている。このありえない事件のせいで、ハイスクールの生徒みたいな陽気さがすっかり失われているのを目にして、ウィンターは胸をつかれた──直感を悩ませ、理性を受けつけない事件のせいだ。

ヴィクトリアはウィンターの首を見た。ポポフの襲撃については話してあったが、彼女がその痣を見るのは初めてだった。「まあ、ひどい痕、キャム」彼女は言った。

「問題ない。大丈夫だ」

「それで、彼が何を追っているのか、まだわからないの？」

彼は答えなかった。嘘をつきたくなかったのだ。ただ、こう言った。「トラヴィスはまだ俺に会う気があるかな？」

彼女は小さく息を吐いた。「気が進まないようだけど、ノーとは言ってない。ねえ、できたら最終陳述をしないように説得してもらえない？　わたしの言うことには耳を貸そうとしないのよ。陳述をしたら事態を悪くするだけなのに」

「俺にそんな影響力があるとは思えないな」

ヴィクトリアはまたため息をついた。分厚い木製のドアをそっとたたくと、廷吏が中からドアを開けた。クルーカットでがっちりした元兵士だ。彼は廊下を進んでエレベーターまで案内し、そこから三人は留置場まで降りていった。

三つの居室があった。地下の薄暗い廊下の一方の壁に沿って三室が並んでいる。トラヴィス・ブレイクは中央の居室にいた。他のふたつは空だった。トラヴィスは小さな空間の真ん中に立っていた――身じろぎもせずに――気をつけの姿勢で立っているんだ、とウィンターは思った。一メートルほど先の淡いグリーンのコンクリートブロックの壁を凝視している。大柄な男だった。ウィンターよりも背丈があり、もっと筋肉がつき、力がありそうだった。だぼだぼの「郡オレンジ」色のつなぎ服を着ていても、そのことがはっきりわかった。しかも、いまだに軍隊で仕込まれた自己規律を守っている。リラックスしていた。集中し、待っていた。

廷吏が居室の鍵を開けると、トラヴィスは振り向いた――頭だけを動かした。体は壁に向いたままだ。最初に弁護士のヴィクトリアを、それからウィンターを見た。二人の男の視線がぶつかりあった。

トラヴィスは顎鬚を剃っていて、黒髪は短く切られていたが、目は聞かされていた通りだった。氷を思わせる薄い青で、残虐。ジェニファー・ディーンがその目をのぞきこみ、いかにしてそこに父親と恋人としての存在を見出したのか、ウィンターには想像できなかった。だが、彼女はそれを見つけることができたのだ。

氷のような視線はウィンターを上から下までなぞっていき、喉の痣で一瞬だけ止まった。トラヴィスはにやっとした。

「あんたがスパイだとは聞いていなかった」トラヴィスは言った。

「俺は英文学の教授だ」

トラヴィスは肩をすくめた。「だとしても」

ウィンターはうっすらと笑みを浮かべた。ヴィクトリアに向き直った。言葉にする必要はなかった。二人はすでに手筈を決めておいたのだ。彼女は何も言わずに居室を出ていった。ブレイクは廷吏が居室のドアをガチャンと閉めるまで、彼女を目で追っていた。

それから二人だけになった。再び二人の視線がぶつかった。その視線は友好的でもなく敵意むきだしでもなく、ただ互いに向けられていた。

最初に視線をそらしたのは、トラヴィス・ブレイクの方だった。彼の口元がひきつって一瞬だけ冷笑を浮かべたが、すぐに笑いをひっこめた。

「いいだろう」彼は言った。再び冷酷な目をウィンターに戻す。「どのぐらい知っているんだ?」

ウィンターはひとことも発さなかった。その表情から相手に答えを読みとらせた。トラヴィスはそれを読んだ。

「どうするつもりだ?」トラヴィス・ブレイクはたずねた。

「まだ決めていない。あんたは法の下で殺人を犯したんだ、トラヴィス、それはわかってるな」

「で、俺を止めようとしているのか？」

「まだ決めていない」ウィンターは繰り返した。

トラヴィスの唇の片端が持ち上がった。おもしろがっているようだ。「いざとなれば、あんた次第だと本気で思っているのか？」

ウィンターは考えこんだ。「ああ。そうだ」

「俺たちのどっちも殺人と無縁じゃないはずだ。だが、あんたが言うように、今回、俺は人を殺した。それだと事情がちがってくる。あんたが邪魔をしたら、俺が躊躇すると考えてるのか？」

「いや、もちろん考えていない」

「じゃあ、何だ？　俺をやっつけられると思ってるのか、一対一で？」

ウィンターはたちまち噴きだした。「俺たちは十二歳じゃないんだぞ、トラヴィス。俺はあんたにあえて挑戦するつもりはない」

「俺が応じないと思ってるだけなんだろ？　俺が踏みとどまると？　俺がおとなしく降参し、あんたが今後の重大な決断を下すのを許すと思ってるのか？」

ウィンターはそれについて考え、のろのろとうなずいた。「そうだ。俺はそう考えている。あんたは殺人を犯した。だが、あんたは殺人者じゃない。俺を殺そうとはしないだろう」

今度はトラヴィスは身じろぎし、体を反転させるとウィンターに正面から向き直った。「とんでもない賭けに出たもんだな、教授」

「まあね」ウィンターは言った。「そっちも同じだろ」

二人の視線がまたもぶつかりあい、さらに長く張り詰めた時間が流れた。それから、言いたいことをはっきりさせようとするかのように、ウィンターはゆっくりと背を向けた。彼にチャンスを与えようとするかのように――やってみろ、俺の首をへし折れ、やり方はわかってるだろ、とけしかけるかのように。そのまま一秒ほど立ってさえいた。

それからウィンターは居室のドアに歩いていき、出してくれ、と廷吏に呼びかけた。

十八章

その後、法廷でトラヴィス・ブレイクは一度もウィンターの方を見なかった。証言台に立つと、誰のことも見なかった。前方を凝視して、まっすぐすわっていた。そこで、またもやウィンターは思った。気をつけの姿勢をとる兵士だ。

「彼女を愛していました」その声には感情がこもらず、青い目は虚ろだった。「彼女を殺したときも、愛していました。愛していたからなのです、彼女を殺したのは。あまりにも愛していたからです」

法廷は静まり返り、ヘスターとミセス・アトウォーターと他の学校関係の女性たちが、ティッシュを目にあててすすり泣く低い音だけが聞こえていた。

「彼女に見つけてもらったとき、俺は暗闇にいました」トラヴィスは続けた。「自分の奥底に存在している、とてつもない闇の中に。自分の中にある地獄は、どんな地獄よりも大きかった。だのに、そこに落ちるまでは地獄があることにすら気づかない。しかも、いったんそこに落ちたら、戻ってきた後でも、水の上を歩いているみたいな感じがする。あの地獄にまた落ちかねない、ってわかっているからです。

そこから救い出してくれたのはジェニファーだった。彼女を失ったら、またあの闇に落ちるかと思って怖かった、永遠に地獄にいることになるんじゃないかって」

言葉を切った――彼は振り向かなかったし、ウィンターにも誰にも視線を向けなかったが、全員を見たはずだ。少なくともウィンターを見て、自分の言ったことに対する彼の反応を推し量ったように感じられた。

「ビーチの駐車場で男がジェニファーの腕をつかんだのを見た瞬間、なんらかの形で男が彼女を所有しているとわかりました。男が何者かを知らねばならなかった。なぜあそこにいたのか。なぜ彼女はあんなふうに男に腕をつかまれるままでいたのか。俺はジェニファーがあいつに奪われるのではないかと恐れた。あいつは俺から彼女を奪い、俺はまた自分の殻にひきこもり、あの暗い底に沈むんじゃないかと怖かった。今度沈んだら、二度と浮き上がれないとわかっていました」

その瞬間に、ヴィクトリアは弁護人席で向きを変え、彼女のすぐ背後にすわっていたウィンターを見た。疲ればかりか、彼女の目に浮かぶ絶望にウィンターは胸を痛めた。トラヴィスが語っている自分の中の闇――それを夫が戦争から帰ってきたとき、彼女はその目に見たのだ。ヴィクトリアはトラヴィスと夫を重ね合わせていた。ロバートだかリチャードだかロジャーだか、名前はなんであれ。そうだ、ロジャーだ。ロジャーだった。だから、こんなにトラヴィス・ブレイクが無実であることを願っているのだ。彼の痛みをロジャーの痛みと同一視しているから。

「彼女は言おうとしなかった。俺に。男が何者かを」トラヴィスはひとこと、ひとことを短剣を土に突き立てるみたいに口にした。「理由はわかりません。秘密だということだけはわかった。秘密の恥辱だと。この男が握る彼女のなんらかの秘密。男が彼女を意のままに操れる何かがあったんです。つまり、男は好きなときに彼女を連れ去ることができるということでした。彼が何者か教えてくれれば、俺は助けられると言いました。だけど……」彼は最後まで言い終えなかった。首を振った。「そんなふうに何カ月も過ぎ……そして、あの夜。俺はナイフを手にした、昔のコンバットナイフを。使うつもりはなかったんです。もちろん、そんなつもりじゃなかった。さっきも言ったように、俺は彼女を愛していました。だけど、結局、思ったんです。ふと閃いたんです。その方が楽かもしれない、待っているより楽かもしれない、ずっと恐れているより楽かもしれないと。終わらせてしまった方が楽だって。次に気づいたときには、刃が彼女の胸にめりこんでいました。彼女は俺の目を見つめながら死にかけていた。血があふれだし、温かく俺の手を濡らした。そして俺は彼女を愛していた。そのときですら」

再び、静寂——女性たちのすすり泣きだけが聞こえる静寂。そして検察官——ジム・クローフォード——ヴィクトリアが「元レンジャーのジム・クローフォード」と呼んだ彼はリー裁判官——「元レンジャーのルイス・リー」——に見張られながら行ったり来たりしていたが、トラヴィス・ブレイクに残りの告白をうながした。部屋を掃除し、彼女の車を捨て、遺体をラグに包んでマリーナに運んでいった詳細。どのように森に覆われた遠い湖岸まで船で行き、森で大きな石を探したか。頑丈なビニール袋に重りにする石を入れ、さらに――このときだけ彼の声は震えた――ジェニファーの遺体を切断すると、石といっしょにいくつかの袋に分けて入れたこと。最後に湖の遠い場所まで行き、決して発見されないだろう場所に愛した女性の残骸を船縁から捨てたこと。彼が探すべき場所を教えたので、警察は捜索したが、何も発見できなかった。実を言うと、その作業をしていたとき、彼は半ば気が狂っていた。場所でさえ、はっきりと覚えていなかったのだ。

とうとう、トラヴィスは供述を終えた。証人席から立ち上がると、すぐ背後にウィンターがいる被告席にヴィクトリアと並んですわった。それから、性格証人、おもに軍人たちの証言が続いた。彼らはトラヴィス・ブレイクの愛国心、リーダーシップ、勇気について証言した。一人はヌーリスターンの山間部で負傷した軍人だった。トラヴィスはそこでの活躍によりシルバー・スターを授与されたのだ。アメリカ軍のヘリコプターが救出のために着陸するまで、いかにしてトラヴィスが、レンジャーだった彼がテロリスト軍から滑走路を守ったかを語る間、法廷は水を打ったように静まり返った――すすり泣きすら起きなかった。

最後にニコラ・アトウォーターが証言台に立った。今では泣き止み落ち着いていて、背筋をまっすぐ伸ばして優雅に証人席にすわった。彼女はジェニファーのために証言をする唯一の証人だったが、ジェニファーを知っていて愛していた学校関係者全員の代弁をしたい、と前置きした。みんなはトラヴィス・ブレイクがやったことに対して復讐したいとは思っていない、と彼女は言った。ただ、ジェニファーがどんな人だったか、どんなにすばらしい人だったか、彼女とともに過ごした学校の大人も子どもも短期間でどんなに変わったかについて、記録に残しておきたいと願っている。彼女を失ったことは、みんなにとってあまりにも大きな損失だったと法廷で知ってもらいたい。

すべての証言が終わると、リー裁判官は判決を下すので起立するように、とトラヴィスに声をかけた。裁判官は岩のようにいかつい顔をしていたが、あきらかに証言を聞いて心を動かされたようだった。重々しい口調で被告人にゆっくりと語りかけた。保釈なしの終身刑をトラヴィス・ブレイクに下すつもりでいた、と裁判官は言った。しかし、戦火でのトラヴィスの英雄的行為の話を聞いて、被告人は贖罪《しょくざい》のチャンスを与えられるべきだと感じた。

「トラヴィス・ブレイク」裁判官は最後に告げた。「あなたに終身刑を宣告します。ただし、二十五年後には保釈の可能性を認めます」

そして槌を裁判官席に振り下ろし、量刑審問の終了を宣言した。

十九章

法廷には窓がなかったので、ウィンターは外に出ると、すでに暗くなり、雪が降り始めていたことに驚いた。最初の雪片は暗く高い空から、街灯の光の中をひらひらと愛らしく落ちてきた。ムートンコートのポケットに両手を突っ込んで顔を仰向け、アイビーリーグのキャップの下からその光景を眺めた。法廷で心がかき乱された後だけに、この世の美しさと悲哀に胸が打たれた。

「公平な判決よね」ヴィクトリアがかたわらで言った。「少なくとも、彼には自由に生きられる人生が多少は残されているかもしれない」

ヴィクトリアはあまり自信たっぷりではない、とウィンターは思った。他に言うことがないときに、人はそういうせりふを口にするものだ。

ヴィクトリアをちらっと見た。彼女もウィンターと同じように雪を眺めていた。自分と同じことを感じているのだろう、と想像した。美しさと悲哀を。彼女はウィンターを見送るためだけに裁判所から出てきたので、法廷で着ていた黒いスカートスーツ姿のままでコートも着ていなかった。すでに寒さのあまりガタガタ震えはじめている。

「ロジャーは大丈夫だ」ウィンターは言った。「きみの夫のことだ。彼は大丈夫だよ」

「ロジャーが誰かは知ってるわよ、キャメロン」

ウィンターは微笑んだ。「彼はトラヴィスとはちがう。誰もが自分の魂を、自分の人生を、自分の物語を持っているものだ。トラヴィスに起こったことは、ロジャーには起こらなかった。それに彼にはきみがついている。きみが気をつけてやれば、彼は無事に切り抜けるよ」

ヴィクトリアは目を伏せた。震えながら、自分の体を抱きしめた。「あなたは？」彼女はたずねた。

「あなたは切り抜けられたの？」

ウィンターはかがんで片手を彼女の肩に置くと、頬にキスしようとした。かがみこんだとたん、ヴィクトリアが頭を少し動かしたので、ウィンターの唇は彼女の唇の端に触れた。電流が体を走った、肉体の記憶が怒濤《どとう》のように甦ってきた。二人は相性がいいとは決して言えなかったが、よかったときは、本当にすばらしかった。過去は完全に失われ、もう二度と取り戻すことができないことを痛いほど感じた。一歩さがり、名残惜しそうに彼女の顔を眺めた。ほんの少しだけ、彼女はその視線を受け止めてくれた。

それから、裁判所のドアに顔を向けながら言った。「中に戻った方がよさそうね。今夜トラヴィスを州刑務所に移送するの。それに、凍えそうだから」

「きみに会えてよかった、ヴィク。あまり力になれずに申し訳なかったが」

「できることをするしかないわ」

「また連絡をくれ」

階段を下りかけて、途中で振り返った。彼女はまだそこに立って体を抱きしめ、震えながら彼を見つめていた。

「おっと」彼は言った。「いいクリスマスを」

「あなたもね、キャム。休暇に行くところはあるの」

彼は肩をすくめた。「俺にとってクリスマスはあまり意味がないからね」

彼女が返事をする前にきびすを返し、残りの階段を下りて歩道に立った。

激しくなってきた雪の中、ジープを停めたところまで町のメイン・ストリートを歩いていった。次第に濃さを増してきた闇に、商店や街灯のクリスマス・イルミネーションや通りにぶらさげられたサンタやトナカイ、雪をついて家路をたどる買い物客たちという、陽気で楽しげな光景が広がっている。ここ七十五年のいつの時代のクリスマスでも、アメリカの小さな町はこんなふうだったのだろう。ここの住人たちが伝統としてしっかり守り続けている軍隊の規律に、ウィンターは舌を巻いた。過去そのものは取り戻せなくても、規律を完全に失って復活できなくならないように心しているのだ。

ジープに乗りこみ、もう一度窓から町を眺めるとエンジンをかけた。生き生きしたクリスマスの風景は、彼には遠い存在に、まるで描かれた絵のように感じられた。頭の中はまだ法廷で聞いた暴力と悲哀の物語でいっぱいだった。それを払いのけて、クリスマス気分に共感することはできなかった。

ジープのギアを入れ、走りだした。

町を出たが、首都には戻らず、むしろ遠ざかって丘陵に入っていった。雪がどんどん激しくなってきて、まもなく車も走っていない田舎の細い道に出た。ジープは積もったばかりの雪に最初のわだちを残していく。丘の頂上に来ると窓からのぞき、スイート・ヘヴンが眼下に広がっているのを眺めた。そこからでもクリスマスのイルミネーションが見えた。遠くからだと、その光景ははるかに静謐《せいひつ》で時を超越したもののように感じられた。

古い孤児院の廃墟を見つけるのはむずかしくなかった。スイート・ヘヴン歴史協会のウェブサイトに地図が掲載されていたので、その情報をスマートフォンのGPSに入力しておいた。最後の峰を越えると、目の前に現れた。半ば崩れた邸宅と丸天井の塔のシルエットが、ヘッドライトに不気味に浮かび上がった。

かつてここは、当時、勢いがあったキリスト教の広壮な建造物だった。周囲の敷地を含め、捨てられた子どもたちの家として使われていた。十九世紀初頭にノルウェーから渡ってきた司祭のプロジェクトだったのだ。司祭は教会での頻繁な基金集めと、自分の事業——農場や種苗会社や専売特許の薬によって儲けた金で孤児院を支援した。かたや妻とは九人の子どもを育てた。

だが、この場所は近代化を生き延びられなかった。ノルウェー人司祭は亡くなった。政府の福祉政策は個人的な慈善事業のエネルギーを枯渇させた。里親制度が孤児院に取って代わった。信仰はすたれ、教会はさびれた。邸宅さながらの施設は廃墟となり、荒れるままうっちゃられた。町からかなり離れていて目障りでも危険でもなかったので、屋根が崩落しても、竜巻が標高千メートル近い丘の上まで駆け上り、本館の建物の大半をばらばらに吹き飛ばしたときも、誰も気づかなかったし気にも留めなかった。丸天井のある西の塔だけが無傷で残り、レンガと材木が散乱した地面を見下ろして立っていた。

ウィンターは道を折れ、岩だらけの更地に出た。ジープを駐車してエンジンを切った。ヘッドライトが降ってくる雪を一瞬とらえたが、やがて光が弱まり消えた。雪で白くなった闇があたり全体を包みこんでいる。

ウィンターは車を降りた。ポケットに両手を入れ、積もったばかりの粉雪を踏みしめて廃墟まで歩いていった。ウィンターは臆病でもなく迷信にとらわれてもいなかったが、その彼ですら、右手にある無人の廃墟にたちこめる不気味な静寂を意識した。頭上にどっしりとそびえる黒い塔は、廃墟の隣だと妙に健全でたくましく見えた。頑丈な分厚い木のドアがある。拳でドアを強くたたいた。

すぐにドアが開けられ、目の前に彼女が立っていた。内部の淡く白い光にぼんやり照らされて。光のせいで黒髪はいっそう黒く、青ざめた肌は象牙のように白く見える。

ウィンターは彼女の現実の姿に心の準備をしていなかった。たしかに録画映像で顔は見ていたし、体つきも想像していたし、その存在感と人格の持つ伝説的な力も聞いていた――それがいきなり肉体となって目の前に現れた。彼女はウィンターだとは予想していなかったようだ。それで一瞬、恐怖と驚きで体をこわばらせた。しかし、ほとんどすぐに真相を理解した。彼女が肩の力を抜いたので、善意の人々全員が彼女の中に見てとったものを彼も目にした。一種の威厳にまで高められている完璧すぎるほどの内面の静けさを。

「ウィンターですね」彼女は落ち着いていた。「あなたが来るかもしれないと聞いてました」

彼女を前にして反射的にキャップを脱ぐと、雪が髪の上で溶けていくのが感じられた。

「そしてきみは」と彼は言った。「ジェニファー・ディーンだね」

二十章

ウィンターはジェニファーから視線をそらせなかった。彼女に招き入れられ、らせん階段で丸天井の下の小部屋まで上がっていった。その円形の小さな部屋でソファにすわり、魅せられたように彼女を見つめていた。

間に合わせのキッチンで、彼女はコーヒーメーカーに挽いたコーヒーと水を入れた。ジーンズと厚手の紺色のセーターを着ている。漆黒の髪は図書室の動画が撮られたときよりも長くなっていた。作業で前屈みになると髪が垂れ下がり、きれいな女性らしい丸顔を隠した。だが、みんなが口にしていた静謐――彼女の内にある静けさと動作の優雅さは、常に目の前に存在していた。それには心をとらえる不思議な力があることにウィンターは気づいた。

ジェニファーがようやくコーヒーメーカーのスイッチを押すと、見つめていたのが露見しないように無理やり視線をそらし、部屋を見回した。居心地のよさそうな家具が置かれていたが、洗練されてはいなかった。青いソファは緑の肘掛け椅子とは不釣り合いだし、ローテーブルは一世紀前の遺物のようだ。

しかし、遮光カーテンの周囲にかけられた花模様のカーテンは感じのいいアクセントになっている。壁の唯一の装飾である彼女の部屋にあったようなロシアの肖像画、子どもを抱いた聖母マリアもそうだった。この部屋は女性に、少なくともこの女性に敬意を抱いている不器用な男たちが整えたことを物語っていた。「電気はどこから引いているのかな?」ウィンターはたずね、ヒーターと薄暗い照明を手振りで示した。

「電線に接続してもらったんです。電力会社から配線を隠すすごい軍用設備があったので」

コーヒーを抽出している間、彼女はキッチンカウンターとして使われている木製テーブルに寄りかかって、ウィンターを正面から見つめた。

「あなたはとても頭がいいと警告されました」彼女は言った。その口調にはかすかなロシア訛りが聞きとれたが、異国風の音楽的な背景音のように感じられた。「海軍特殊部隊からスパイに抜擢されたという噂も耳にしました。本当ですか?」

「俺は英文学の教授だ」ウィンターは答えた。

ジェニファーは微笑むと右頬にえくぼができた。とても魅力的だ。彼女自身が言い逃れの達人なので、彼がはぐらかしたことも評価してくれるだろう、とウィンターは思った。

「どうしてわたしがここにいるって、わかったんですか、英文学の教授?」彼女はたずねた。「よりによって、この場所にいるって?」

「人は自分が紡ぐ物語の中で本心をさらけだすものなんだ」ウィンターは言った——そして、知らず知らずのうちに、マーガレット・ホイッティカーの言葉を引用していることに気づきいらだちを覚えた。あのサイコセラピストは俺の心に入りこみかけているようだ。「学校の図書室で、きみの書いた本を見た。あれを書いたときにはすでに計画を練っていたにちがいない。とても辛い目にあってもまだ美しく愛すべき心を持つ女性が、死んで幽霊になって塔に住んでいる、という話だった。トラヴィスの妹のメイは、きみとトラヴィスがときどき二人きりでこの塔に出かけた、と話してくれた。だから二つの事実を結びつけたんだ」

コーヒーメーカーのブクブクという音が遅くなってきた。彼女はプラスチック製コンテナから黒いマグカップをふたつ取り出した。

「そもそも、わたしが生きているとなぜわかったのか、本気で知りたいんですけど。すぐ気づいたわけじゃないですよね？」

「いや、とんでもない。巧みだったよ。今日、トラヴィスは法廷で見事に演じていた」

「本当に？」

「俺ですら彼を信じた。彼が嘘をついていると知っている俺でもね」

彼女は耳に心地よい低い笑い声をあげた。それぞれのマグカップにコーヒーを注ぐ。「お砂糖はありますけど、ミルクはありません」

「ブラックでけっこうだ」ウィンターは言った。

彼女の手からコーヒーを受け取り、そのやりとりに乗じて、さりげなく彼女の顔を正面から見た。ギャングのオブロンスキーはアーニャ・ペトロヴナを美貌ゆえに選んだのだ。彼女は今でも美しいが、ウィンターが心を奪われたのは、その美しさだけではなかった。どうしてこんなに平静で落ち着いていられるのだろう？　と不思議でならなかった。彼が真相を見抜いた今ですら？

「その考えが浮かんだのは、ライラと会ったときだ」ウィンターは打ち明けた。「きみはライラにとって母親のような存在になっていた。ライラの殻を破り、父親を取り戻してあげた。だが、メイの家でライラに会ったとき、彼女は痛手を受けていなかった。まったく。それどころか幸せそうに笑っていた。うわべだけではなく心の底から。ライラの心は平静だった。母親代わりの女性が父親の手によってむごたらしく殺された子どもとは、とうてい思えなかった」

ジェニファーは肘掛け椅子にすわった。彼女は顎のすぐそばで両手にマグカップをくるみこみ、寒々とした部屋でその温もりを味わっている。「あの子は秘密を守れないんじゃないかと心配でした。子どもですもの、おわかりでしょ？」

「いや、とてもよくやっていた。ただ、彼女を見たときに、ふと閃いたんだ。どこかがおかしいと。そしてしばらくして――なんというか、辻褄がすべて合った。きみが生きていて、子どもも計画に加担していると。ある方法で何かについて考えていると、ときどき、そういうことが起こるんだ。いきなり、すべてがおさまるべきところにおさまる。俺の一風変わった思考の習慣なんだ」

ジェニファーはウィンターから視線をはずさずに、湯気の立つコーヒーを飲んだ。「そして、その後は？」

「ああ、きみの友人のポポフが俺に会いにやって来た」ウィンターは襟をめくって、喉の痣を見せた。

彼女は痣を目にして眉を寄せた。「まあ、本当にごめんなさい。ポポフが！」

「もらった分だけのお返しはしておいたよ。それに幸い、彼が俺に向けて発射した弾丸は羽目板にはまりこんだ」

「まあ！　ああ、ポポフったら！」

「ポポフを守るために、ＦＢＩは彼に関する記述を報告書から削除していた」ウィンターは言った。

「だが、塗りつぶされたスペースに、彼の存在を推測しないではいられなかった。きみは一人で見張りに薬を飲ませたり、脱走のときに車を運転して丘を下りたりすることはできなかったはずだ。共犯者がいたにちがいない。彼はきみに恋をしていた。たぶん、きみはそのことを知っていたんだろう」

「かわいそうなポポフ！」ジェニファー・ディーンは言った。「わたしたちはロシア人だから、ありとあらゆることを信じていたんです――ロシア皇帝も教会も社会主義者も資本主義者も――そしたら、そのすべてがうまくいかなくなった、次から次に。そしてもう信じられるものは何ひとつ残っていなかった。だから、みんなオブロンスキーみたいに何も信じなくなった、昔からの残虐行為以外には。あるいは、魂を捧げるような真実を見つけた……」彼女は壁の聖母を手で示した。「だけど、ポポフは――かわいそうなポポフはわたしを見つけたんです」

「なるほど」ウィンターは言った。「俺はそれに気づいたとき」そこで言葉を切ってコーヒーを飲んだ。意外にも、とてもおいしかった。寒い十二月の夜にコーヒーの熱さが身に染みた。まるでミアの家で子ども時代に飲んだホットチョコレートみたいだった。「それに気づいたとき、彼がかばっているのはきみにちがいない、と判断した。ブランドン・ライトの家賃を払い、彼の部屋を見張って。それでわかったんだ。トラヴィスが殺したのはブランドン・ライトで、きみじゃないと」

コーヒーのマグカップを顔に近づけたまま、ジェニファーはうなずいた。彼女の目は悲しげで、ぼんやりしていた。彼はその悲しみから多くのことを読み取ることができた。苦痛と虐待の一生を。

「思い直して、って彼に頼んだんです」ジェニファーは言った。「彼の前に跪《ひざまず》いて、泣いて、懇願した。でも、わたしは彼を愛していた――愛しています――そして彼は……どう言えばいいかわかりません。彼の目を見たとき、それがあったんです」

「揺るぎなさが」ウィンターは言った。「彼は決意を変えなかった」

「ええ、彼は決意を変えなかった。それに、わたしは他の方法を思いつけなかった。選ばなくてはならなかったんです。だから、愛している男を選んだ。そしてライラを。ライラを選んだんです。それはとても悪いことだったんでしょうか、どう思います?」

ウィンターはただあいまいな身振りをした。

「そうですね。神さまが最後に審判を下してくださるでしょう」

「ライトはきみを脅迫していた、俺はそう推測している。ライトは、きみがオブロンスキーから逃げ出した後に新しい身分を提供する連邦保安官だった。したがって、きみがどこに身を隠しているかを知っているわずか三、四人のうちの一人だった。そして、オブロンスキーに居場所をばらすときみを脅した」

「わたしだけじゃないんです。他の人たちも脅迫していました。ときどき、それを自慢するほどでした。極悪人だったんです。友人も家族もいなかった。保安官局ですら、彼をうとましく思っていました。結局、局から追い出されました。だから一人ぼっちだった。そのせいで、こちらは有利になりましたけど」

「こんなことを訊くのを許してほしいが、ミス・ディーン」

「ジェニファーと」

「では、ジェニファー。ぶしつけな質問を許してほしいが、彼が求めていたのは金だったのか？」

「いえ、ちがいます」彼女は辛そうに微笑んだ。「わたしはお金を持ってませんから。どうにか生活できるお金があるだけです。彼が脅迫していた他の人たちはもっと成功していたんだと思います。彼はその人たちからはお金をもらったけど、わたしにはちがうものを求めた」

彼はうなずいた。つまり、哀れな奴隷生活を逃げ出してみたら、別の奴隷生活が待っていたというわけだ。オブロンスキーの息子のグリゴールとの結婚という檻を脱出したら、強制的な売春という、もうひとつの檻に閉じこめられた――彼女を保護するはずの連邦保安官によって。ウィンターは、彼女の上に浮かぶバラバラにされたブランドン・ライトのイメージを無理やり振り払った。

「最初は耐えていました」彼女は部屋の薄暗い隅に視線を向けていた。「いざとなったら、できるものなんです。いろんなことに耐えられるっていう意味です。とりわけオブロンスキーに見つかったらどうなるか知っていたので。詳細に説明されていましたから。だから我慢した。だけど、なぜかそれだけではライトは満足しなくなった。しばらくすると、わたしに腹を立てるようになったんです。暴力をふるい、虐待をするようになりました」

「当然、そうなるだろう」ウィンターは言った。「彼はきみを手に入れられなかったからね。本当の意味では。完全に、自分が望むようには」

「ええ、そういうことだったんだと思います。しまいには殺されるのではないかと怖くなってきました。彼に自分を与えなかったせいで。本当の意味ではです。ええ」

「それでまた逃げた。新しい身分を作るのを手伝ったのは旧友のポポフだと推測しているが。ジェニファー・ディーンという身分を」

「わたしたちロシア人は、新しい身分を作るのがとても得意なんです。完璧な仕事をします。連邦政府と同じぐらい上手です」

「そこで、ここにやって来た。そして、誰とも関わらないようにした。だが、恋に落ちた、最初はライラに、それからトラヴィスに」

マグカップがまた彼女の唇にあてがわれ、ため息をつくと湯気が吹き払われた。ウィンターは彼女の目をはっきりと見ることができた。それはとても落ち着いていた。今にいたっても。

「しかし、ブランドン・ライトは再びきみを見つけた」彼は言った。「偏執的になっていたにちがいない」

「ええ。そうだと思います。偏執的——まさに。それに、その手のことがとても得意だった。誰かを追跡すること——それがライトの仕事でしたから。そういう訓練を受けてきたので熟練していた。彼はわたしに言いました。おまえがどこに行こうと、俺が見つけられない場所はないって。わたしは彼の言葉を信じました」

「しかも、きみを取り戻したがった」

「でも、おわかりでしょ、もう耐えられなかったんです。もうこれ以上は。今はトラヴィスがいた。ライラがいた。どうしても彼のところに戻るわけにいかなかった」

「当然、できるわけがないな」ウィンターは言った。その声には同情がこもっていた。心からの同情だった。彼女に与えられるのは、せいぜいそれぐらいだった。ブランドン・ライトの件をどう考えているかは告げるつもりがなかったし、あるいは正義の怒りを彼女に見せるつもりもなかった。彼の中では怒りが煮えたぎっていたが、今は感傷的になるわけにはいかない。結局のところ、殺人について話しているのだから。

「トラヴィスには黙っていようとしました。彼がどういう行動に出るかわかっていたから。でも、ライトにもう以前のような取り決めをするつもりはないと告げると……」ジェニファーは首を振った。「言い訳はしたくありません」

「そんなふうには受け取らないよ」

「そうしたら、そのすぐ後、ライトを拒絶したらすぐにポポフが連絡をとってきました。そんなことは初めてでした。彼はパニックになってました。ライトが脅しを実行したと電話してきたんです。わたしの情報をオブロンスキーに売ったんです。オブロンスキーはわたしの居所を知った。それで、わたしを見つけるために殺し屋を送りこもうとしていた。彼はぞっとする復讐を計画していたんです」

ウィンターはコーヒーのマグカップをローテーブルに置いた。膝に肘をついて前屈みになり、今度はジェニファーをまっすぐに見つめた。彼女に魅入られていることを隠そうともせずに。ロシアの聖母マリアのようだ、と思った。威厳と悲嘆をたたえた女性、虐待されたが打ちのめされず、奇跡のようにありのままの自分でいる。

「俺の推測を聞いてくれ」彼は言った。「オブロンスキーが殺し屋を送りこんでくるとポポフに警告された後、きみはすべてをトラヴィスに告白した」

「そうするしかなかったんです。怖くてたまらなかったから。わたしだけのことじゃない。ライラのことも。それにトラヴィスのことも。わたしはオブロンスキーの息子を終身刑にしてしまった。わたしを傷つけるためなら、彼はどんなことだってしそうでした」ジェニファーは首を振った。目に涙があふれたが、流れ落ちはしなかった。「逃げたかった。トラヴィスにいっしょに逃げて、と頼んだ。でも……」

「どこに行けるというんだ？　きみが言ったように、ライトは追跡の専門家だし、ずっと探し続けるだろう。永遠に安心できない。それに、もはや危険にさらされているのはきみの命だけではなかった。トラヴィスとライラも同じだ」

「そうなんです。トラヴィスもそう言いました。オブロンスキーは二人を殺すところをわたしに無理やり見せるだろうって」

「だけど、なぜブランドン・ライトを生かしておけなかったんだ？　きみの死を偽装して、ただ町を離れるわけにいかなかったのか？」

ジェニファーは叫ぶように答えを口にした。「すべては彼のアイディアだったからです！」ウィンターは愕然として、顔を少しゆがめた。彼女は続けた。「あの日ビーチで彼はこう言ったんです。『どこへ行こうと、おまえを見つけるぞ。何を聞こうと、探し続ける。死を偽装しても、俺は信じない。自殺しても、俺は地獄まで追って行く』」

ウィンターはソファにもたれ、両手で顔を覆った。そして笑い声をあげた。おもしろくもなさそうな短い笑いだったとしても、この場に不適切なことは承知していた。だが、笑わずにはいられなかった。ライトはおのれの腐りきった執着の強さのせいで殺されたのだ。「死を偽装しても、俺は信じない」もちろん、トラヴィスは彼を殺すしかなかった。ジェニファーに自由になってもらいたかったのなら。

ウィンターは両手を膝に落とした。「それでトラヴィスは――どうしたんだ？　彼はライトに連絡をとり、きみを放っておいてくれるなら大金を払うと持ちかけたんじゃないかな？」

ジェニファーはうなずいた。「ライトは欲張りでした。わたしからもお金を搾り取れるチャンスだと考えたんです。二重に支払わせようと。まずオブロンスキーに、次にトラヴィスに」

「だが、すばやく行動しなくてはならないとわかっていたはずだ。オブロンスキーの殺し屋がきみにたどり着いて指示を実行したら、もはやトラヴィスには支払いの理由がなくなる。その前に、トラヴィスの金を手に入れる必要があった。ライトはあせっていたせいで、ずさんで不注意になった、ちがうか？　だからトラヴィスと会うことを承知した――どこで？　湖畔のどこかだ」

「ええ。ここから百六十キロほど先の湖岸に森があるんです。ライトは愚かにもそこに行った。お金がほしかったから」

「じゃあ、ライトは多額の金を受け取ろうとして湖畔の森でトラヴィスと会い、殺された。そして残りは……」

「残りはお芝居を演じているみたいでした」ジェニファーは言った。

「芝居を演じる」ウィンターは繰り返した。「動機をでっちあげる。脚本を書く。トラヴィスのナイフにきみの血をつける。きみの車を川に沈める。ラグに巻いたきみの体を防犯カメラに撮影させる。それから船に乗せて森まで行く。きみを下ろしてから、ライトの死体を回収し、きみではなくライトを湖に捨てる」

「彼はひと晩じゅう作業をしました。ライトの車を分解して、部品を沈めることまでした。だけど、誰もライトの車を探しませんでした。誰もライトを探していなかった。彼はひとりぼっちの人間だったんです」

「あとはポポフに手伝ってもらってあの部屋を見張り、ライトが行方不明だということが誰にも気づかれないようにすればよかった」

「賃貸期間が切れたらポポフは家具を移動させ、いわゆる父親がフロリダに行ったふりをするつもりです。この世の誰一人として、彼を恋しがらないでしょうから。死んでいることも永遠に発見されないかもしれません」

「俺が現れたとき、ポポフはあわてただろうな？」

「あなたはとても頭が切れると、彼に警告しておいたんです」ジェニファーは言った。「わたしのことになると、理性を失ってしまうので」

「それをのぞけば、ほぼ非の打ち所がなかった。ブランドン・ライトは二度と脅威にはならない。それに、きみが殺されたと公表され、裁判がおこなわれたから、オブロンスキーの手下は解雇されるだろう。連中はねつ造だとは思いもしないはずだ。ブレイクが終身刑になったのなら、ねつ造のわけがないだろう？　完璧だった。初めて――少女のときに誘拐されてから初めて――きみは完全に自由になったんだ」

「完全に自由」彼女はつぶやいた。

そのあと一瞬だけ、二人の間に沈黙が広がった――ヒーターのブーンという音だけが聞こえていた。それに他の物音も――外の物音。ただのウィンターの想像かもしれないが、遠くで車のエンジンの音がしたと断言できた。雪の中、丘を登ってくる車だ。

「終身刑――あれは天才的だった」彼はジェニファーに言った。「長い間、そこの部分が解明できなかったんだ。いったいい――きみのような女性がトラヴィスを自分の代わりに刑務所に行かせられるものか――自分の自由を買うために、一生涯、彼を刑務所に入れておけるのか？　それに、彼は娘を残して刑務所に行けるのだろうか？　どうしても筋が通らなかった。きみたち二人の性格とは完全に相容れなかった」

ジェニファーはかすかに微笑んだが、何も言わなかった。彼女はもうコーヒーを飲んでいなかった。

今ではすっかり冷たくなっているだろう、とウィンターは思った。それでも、まだ温もりが残っているかのように両方の手でマグカップを包みこんでいる。彼女は相変わらず宙を見つめていたので、ウィンターは数秒ほど彼女を、その両手を、髪を、顔を、観察しないわけにいかなかった。彼女に恋をしたからではない、と自分に言い訳した。今は感傷の入りこむ余地はない。ただ、彼女なら愛せたかもしれないと思った。それはまちがいない。自分のような男が愛せる女性はめったにいないが、彼女はその一人だった。

「ようやく、わかったんだ」彼は言葉を続けた。「きみの偽装殺人は——きみが言ったように芝居みたいなものだった。きみが子どもたちにするお話みたいだった。人は自分の紡ぐ物語の中で本心をさらけだす。だから、やっと閃いたんだ。この町全体が物語みたいなものだと。スイート・ヘヴンは、兵士たちが引退したときに聞かせる物語なのだ。彼らが出ていった国、そのために戦った国、また戻りたいと願った国についての物語。そして、いきなり自分に問いかけた。全員が同じ話を語っていたらどうだ？ きみとトラヴィスと元兵士たち全員が——あるいはトラヴィスが信頼できると判断した兵士たちが。裁判官はもちろんだ。検察官。看守と廷吏たち全員。かわいそうなヴィクトリア以外の法システムに携わるほぼ全員が。ヴィクトリアは協力してくれるかどうか確信が持てなかったのではずされた。彼女はどこかがおかしいと感じたが、突き止められなかった、それで俺に相談に来たんだ」

ジェニファーは視線を移動させて、ウィンターをまっすぐ見つめた——その優雅さと悲哀と静謐さをすべて込めたまなざしで見つめた。とうとうウィンターは彼女に対する思いで胸が張り裂けるかもしれないと思った。

「そういうわけで、きみたちは芝居をした」彼はかすれた声で言った。「全員が芝居を演じた。トラヴィス・ブレイクは逮捕された。自供した。終身刑を宣告された。そして、州刑務所に移送される。ただし――どうなるのかな？　事故？　大胆な脱獄？　なんらかの脱走のシナリオがあるんだろう？　もしかしたら彼の死も偽装するのかもしれない、そのうちに。二日後に彼の遺体が発見されるのかもしれないな。簡単だろう？　軍の作戦だ。何でも望み通りにできるはずだ。トラヴィス・ブレイクは刑務所に行く途中で脱走するのかもしれない――たぶんもう脱走しているのだろう。そしてレンジャーの友人の一人が――おそらくメイの家までライラを迎えに行くことになっている友人だ――彼を拾うために、どこか近くで待っている」

ジェニファーはその通りだと言うまでもなかった。今、ウィンターはそれを確信していた。それに、やはり空耳ではなかった。車が近づいてきている。遮光カーテンと壁のわずかな隙間から、ヘッドライトがちらっと見えた。エンジンの音からすると、ほぼ丘の頂上まで到達しているようだ。

「では……」ウィンターは言った。彼が立ち上がったとき、ジェニファーはほとんど目を向けなかった。ウィンターは彼女のわきで足を止め、キャップをコートのポケットから取り出した。それをかぶり、ツバを下げる。「コーヒーをごちそうさま、ジェニファー」

彼女は何も言わなかった。ウィンターはらせん階段のてっぺんに歩いていった。

ついにジェニファーはこらえきれなくなった。いきなり叫んだ。「ミスター・ウィンター――お願い……！」彼が顔を向けると、また彼女は黙りこんだ。首を振った。「いいえ。いいえ、わたしたちを逃がしてくださいとは頼みません」

再び、このときにいたっても彼女の中の静けさに、その目に浮かぶ平穏に圧倒された。

「天国では神さまがわたしを裁いてくださるでしょう。でも、この地上では、すべてをあなたに委ねるしかありません」

二十一章

ちょうど大きな黒いSUV——フォード・エクスプローラーが丘の頂上に着いたとき、ウィンターは塔から歩み出てきた。ヘッドライトの光が降りしきる雪を照らしだしている。フォードはジープのわきに駐車した。そして完全に車が停止しないうちに、トラヴィス・ブレイクが後部ドアからころがるように降りてきた。まだ車内にすわっている小さな女の子がちらっと見えた。前部座席には大男の人影がふたつ。

トラヴィスはウィンターの前に立った。体はこわばり、顔は恐怖と怒りでひきつっていた。ここで彼に会うとは予想していなかったのだ。ウィンターがこの場所を突き止めるとは思ってもいなかったのだろう。

二人が言葉を交わす前に、トラヴィスの視線がウィンターの後方に向けられた。ウィンターはジェニファーが彼を追って戸口に下りてきたのを知った。

一秒後、女の子がSUVから飛び出した。

「ジェニファー!」

ウィンターは振り向いて、女性と子どもが抱き合うのを見た。ジェニファーは雪に膝をついて女の子を抱きしめていた。フォードのヘッドライトに照らされた雪が二人の上に降ってくる。トラヴィス・ブレイクは二人のところに歩み寄り、三人はそうやって長い間抱き合っていた。

ウィンターはそれを眺めていた。何よりもその光景に心を奪われていた。その再会の場面にこれほど感動するとは意外だった。心を揺すぶられた。胸が痛くなり、孤独が身にしみた。自分の両腕に女性と少女の体を感じられるほどだった――トラヴィスではなく自分の腕に。まるで二人が愛しているのは自分であるかのように。男と女と子ども。考えてみれば、根源的な要素だ。その他のものはただ通り過ぎていくだけだ。ウィンターのように。ただの通りすがりだ。

孤独感と疎外感と根元的な要素とは無縁だという自覚、そうした精神状態で、彼は決断を下した。その瞬間は、ここで起こった真実にしか忠誠を感じなかった。彼には前途もなく、哲学もなく、興味もなく、伝統もなかった。あるのは目の前に存在するものだけだ。男と女と子ども、そして真実。ついに、すべてがとても明確になった気がした。自分がこれから何をするつもりなのか、はっきりわかっていた。

車のドアが開く音がして、物思いから醒めた。SUVを振り返ると、二人の男が前部座席から立ち上がろうとしていた。二人は車を回ってくると三十センチほど間隔を空けて並んで立った。二人とも帽子をかぶっておらず、降る雪にも無頓着なようだった。一人は長身でがっちりした力のありそうな白人で、もじゃもじゃの赤い顎鬚を生やしている。もう一人も長身でがっちりした力のありそうな黒人で、もじゃもじゃの黒い顎鬚を生やしている。一流の軍人殺人マシンだ、とウィンターは確信した。そして二人は彼を見つめていた——その目つきには悪意がたっぷりこめられていた。まさにその言葉がぴったりだ。トラヴィス・ブレイクは二人から離れ、ウィンターの方に戻ってきた。ジェニファーはライラを抱きしめ、髪をなで、安心させるように何かささやきかけている。

トラヴィスはすぐそばまで来た。ウィンターは彼の視線を受け止めた。片方の口の端を吊り上げると、首を傾げ、二人の男たちを示した。

「連中はあんたのために仕事をしてくれるんだろ、当然」ウィンターは言った。

「そうだ」トラヴィスは言った。つかのま、その言葉の余韻を味わっているようだった。それからつけ加えた。「だが、あんたの言う通りだ。俺は殺人者じゃない」

「ああ。わかってる」

そこでトラヴィスは躊躇した。その顔に表れている内心の葛藤をウィンターは観察していた。それからトラヴィスは口を開いた。「俺たちに一時間だけ先に行かせてくれ、ウィンター。俺の頼みはそれだけだ」それを頼むのですら、トラヴィスはプライドを犠牲にしたにちがいなかった。だが、愛する女と子どものために彼は頭を下げた。さらにトラヴィスは言葉を続けた。「俺はどうしてもしなくてはならないことをした。法の下では殺人だってことはわかっている。だが——」

「おれは法律じゃない、トラヴィス」ウィンターはさえぎった。「法律はあんたを罰するだろう。俺はそうじゃない。あんたは自分の恋人をレイプした恐喝者の息の根を止めた。俺でも同じことをしたよ。俺だったら、そいつを殺してから、二度殺せるように生き返らせただろう。あんたを通報するつもりはない。今も。今後も。この話を口外することもない。俺の口からこの件が外に漏れることはない」ウィンターは雪を仰いだ。「ともあれ、クリスマスだ。さっさと出発しろ。止めないよ。旅の無事を祈る」

ジェニファー・ディーンの叫び声が聞こえた。彼女は雪の中をウィンターのところまで走ってきた。両腕で彼に抱きついた。顔を彼の顔に押しつける。彼女の涙で自分の頬が濡れるのがわかった。ずっと、できたら永遠に、そうして抱きしめていてほしかった。

「神さまの御加護がありますように！」彼女はささやいた。

ウィンターは微笑んだ。神の慈悲深い心が自分に向けられるとは信じられなかったが、そもそも神が存在するなら、神はきっとジェニファー・ディーンの祈りには特別なはからいをするだろう、と思った。

ジェニファーがウィンターから離れると、トラヴィスは手を差し伸べた。ウィンターはその手を握った。

「二人を大切にな、トラヴィス」

「任せてくれ」トラヴィス・ブレイクは言った。

握手の手はほどいたが、ウィンターはぐずぐずしていた。理由はわからない。彼の空想の中では、まだジェニファーの頬が自分の頬に押しつけられている気がした。たぶん、そのせいだったのだ。たぶん、その感触を手放したくなかったのだ。彼はライラに微笑みかけた。女の子はジェニファーの脚にしがみつきながら、目を丸くして彼を見上げていた。

そこでウィンターはトラヴィスにたずねた。「どこに行くのか決めてるのか?」

トラヴィスはゆっくりうなずいた。「別の国に。外国だ」

英文学教授のウィンターはそっと息を吐いた。吐息は冷たい空気の中で蒸気になった。「そうか、探しているものを見つけられるように祈ってるよ」

そう言うと、ウィンターを木っ端みじんにする機会を待っていた二人の大男に向かって、人差し指をキャップにあてがって短く敬礼した。フォードを回ってジープに歩いていくときは、二人との間に大きな距離をとった。ハンドルの前に滑りこんだときは、寒さから逃げられてほっとした。

ジープを出しながら、もう一度視線を向けた。ヘッドライトが三つの人影をとらえた。子どもは女にしがみつき、男は女の肩に片腕を回している。雪が三人に、男、女、子どもに降りしきっている。まるでクリスマスのスノードームの中のフィギュアのようだ。最後にもう一度だけ、彼女の頬が自分の頬に押し当てられるところを想像した。すると、再び孤独が襲いかかってくるのを感じた。俺はそれとずっとつきあっていくのだろう。

それからジープの向きを変えると、丘を下っていった。

エピローグ

俺はクリスマスイヴにシャーロットに会いに行った。彼女が住んでいた家を訪ねたんだ。最後の住所を知るためにはミアに電話しなくてはならなかった。とても悲しい電話になった。ミアはひどく年老いていた。とりとめもなくしゃべり、思い出話にふけった。ミアの姉は寝たきりだった。アルバートは亡くなっていた。彼は酒で自殺をしたように思えた。

そしてシャーロットは——シャーロットはずっと電話をかけてこない、とミアは言っている。彼女の知っている最後の住所は六年前のものだ。まだインディアナ州だ。それどころか同じ町、あの大学の町だった。悪いトロールのエディとはもうつきあっていないと思う、とミアは言ったが、確かではなかった。

そこで、俺は車で向かった。言ったように、クリスマスイヴだった。どっちみち市内には誰もいなかったし、どこにも行くところがなかった。

夕方の五時頃に到着した。暗い日で、すでに暮れかけていた。通りは雪に覆われ、小雪がちらついていた。目当ての住所に向かった。しゃれた住宅地だった。瀟洒《しょうしゃ》な家、きれいな伝統的なレンガ造りの家、正面には広々とした芝生があり、敷地はたくさんの木で囲まれている。数軒先の家では子どもたちが雪だるまを作っていた。家族の住む静かな界隈に思えた。

外の通りに車を停め、しばらくの間、ただ家を眺めていた。闇が深くなってくると中で灯りがつき、カーテンが開いていたので室内が見えた。大きな窓からはリビングのツリーが見えた。背丈近くもあるもみの木が電飾やオーナメントできれいに飾られている。暖炉では火が燃えていた。マントルピースに沿って飾られた緑のオーナメント。そこにはクリスマスの靴下がいくつもぶらさがっていた。キャンドルが灯され燃えている。右手の横の窓から、ダイニングのすでに準備された長いテーブルが見えた。八席。家族の集いの用意が調っていた。

しばらくして、一人の女性が入ってくるのが見えた。キッチンから出てきたのだろう。フリルのついた白いブラウスとグリーンのスカートに、赤と白のクリスマスのエプロンをつけていた。トレイを運んでいる。明らかにこの家の女主人だ。まるで広告の写真のように、昔のテレビ番組の主婦みたいにかわいらしかった。トレイをリビングに運んでいって置いた。シャーロットではないことはわかった。

一人の男性が部屋に入ってきて彼女といっしょになった。女性と同世代の若い男性で、夫だろう。クリスマス柄のセーターを着ていた。黒い顎鬚をたっぷりたくわえている。何か妻に言い、彼女が笑うと、妻にキスした。二人は幸せそうな夫婦に見えた。幸せな夫婦が、クリスマスイヴに家族がディナーにやって来るのを待っているのだ。広告の写真みたいに。

だが、シャーロットはいなくなった。そもそも以前そこに住んでいたのなら、それに、この住所であっているならだが。ドアをノックして、彼女の引っ越し先を知っているか訊いてみようかとも考えたが、迷惑だろう。家族が集まるクリスマスイヴなのだ。

夜の家々――暗い夜に窓が明るい家々のことは俺にはわからない。その光景を目にすると、いつもなぜかしんみりする。自分は外で一人きりで迷子になっているのに、他の人々は中でぬくぬくと暖かく、みんないっしょに過ごしていることを思い知らされるからかもしれない。車にすわって、さらに数分眺めてから走り去った。

帰り道の長時間のドライブでは、ずっとクリスマス音楽を聴いていた。子どものときにミアの家でよく流れていた古い歌を。家に帰ったときはまだ九時ぐらいだった。マンションのガレージに車をつけ、ゲートが開くのを待っているとき、正面玄関から一人の男が出てくるのが見えた。知っている男だ。大柄で、たくましく力がありそうで、もじゃもじゃの赤い顎鬚を生やしていた。一流の兵士だ。そのことはひと目見ただけでわかった。それに、言ったように、彼とは前に会っていた。

ここで何をしているのだろう、と不思議だった。彼が道を横断して、フォード・エクスプローラーに行くのを見守った――乗り込んで走り去るのを。そのときガレージのゲートがガラガラと開き、俺は車を乗り入れた。

エレベーターで自分の階まで上がっていった。部屋に入ったとたん、男が来ていた理由がわかった。彼が俺に何を残していったのかが見えた。ドアのすぐ内側に封筒があった。グリーティングカードの封筒で、深紅だった。ドアの下から滑りこませていったのだろう。それを開けると、中にはクリスマスカードが入っていた。凝ったものじゃない。まぐさ桶が描かれたありふれたカードだ。三人の博士、羊飼いたち、納屋の動物――全員が中央の家族を取り囲んでいた。男、女、子ども。印刷されたメッセージ。

「いつも喜んでいよう!」（新約聖書テサロニケ人への第一の手紙五：十六より）

それだけだった。署名はなかったが、誰からのものかはわかった。別の男、別の女、別の子ども――別の国の別の家族からだ。外国の。前に一度、願いをかなえてやったことがあったので、感謝したいと思ったのだろう。俺に感謝するとともに、今は無事でいることを伝えたかったのだ。

というわけで、俺はそんなふうにクリスマスイヴを過ごした。そのカードを握りしめ――そのカードとストレートのウィスキーのグラスと共に。テラスに向いた窓辺の肘掛け椅子にすわり、街に雪が降るのを眺めていた。

寂しかったが、三人のことを考えるのは楽しかった。友人たち。つまり、俺にカードを送ってくれる人たちだ。三人とも元気だと思うとうれしかった。日常生活を送り、新しい場所で、新しい家庭を築いている。男、女、子ども。それはまさに根源的なものだ。

それに三人がどこにいようと、あの人たちのことを想像するのは実に気分がよかった、本当に。どこかで世界がまた始まろうとしている、と感じさせてくれるからだ。

謝辞

クリスマスストーリーを書くように提案してくださった偉大なオットー・ペンズラーに心からの感謝を捧げます。そのおかげで、何十年も温めていた話を綴る機会を与えていただきました。チャールズ・ペリーとミステリアス・プレスのチームにも感謝しています。本が活字になるまで、驚嘆すべき技術と有能さを発揮して見守ってくれました。マーク・ゴットリーブとトライデント・メディア・グループのみんなにも、契約を結んでくれたことでお礼を言います。ジェナ・エリス、法的手続きについてのしつこい疑問にきちんと答えてくださってありがとうございました――おかげで、物語の目的には適さない手続きを曲げることができました。娘のフェイス・ムーアと息子のスペンサー・クラヴァン、下書きを読んでくれてありがとう。そして、いつものように――そしていつものように心から――妻のエレン・トレイシーがもたらしてくれたすべてのことと、共に過ごしたすべてのクリスマスに感謝を捧げます。

訳者あとがき

アンドリュー・クラヴァンの新シリーズ、キャメロン・ウィンター・シリーズの第一作『聖夜の嘘』をお届けする。本シリーズは毎年一冊のペースで、すでに三作が出版されていて、いずれもアマゾンの五点満点の評価で四・八などの高評価を得ている。四冊目も二〇二四年十月十五日に刊行予定で、本シリーズの人気ぶりがうかがえる。

訳者がアンドリュー・クラヴァンの作品を最後に翻訳したのは、二〇〇三年に日本で刊行された『妻という名の見知らぬ女』（角川文庫）だったので、かれこれ二十一年ぶりにクラヴァンの作品を翻訳する機会を得た。訳し終えた今、懐かしさとともに、大きな喜びを感じている。というのも、クラヴァンがこれまでの作品で使ってきたモチーフが、この作品にはたっぷり詰めこまれているからだ。クリスマス、怪談、過去の傷、鬱屈、精神科医（今回はサイコセラピスト）、愛らしい無垢な女の子、報われない愛、二転三転のストーリー展開、意外な結末……。おまけに、新たなシリーズの主人公キャメロン・ウィンターに、がっちりと心をつかまれてしまった。ウィンターは三十代半ば、知的で頭が切れ、元海軍特殊部隊員で身体能力が高く、しかも金髪のハンサムで「悲哀に満ちていながらユーモアをたたえたセクシーなまなざし」の持ち主だ。六十七歳の女性サイコセラピストですら、ひさびさに胸をときめかすほどに。

ウィンターは英文学の教授だが、その仕事とは別に特殊な才能がある。それは本人が「一風変わった思考の習慣」と呼ぶもので、「いろいろなことを耳にする。人が話すあれこれだったり、ニュースの報道だったり。あるいはネットで何かを読む。すると、ときどき、そこに自分が入り込むのを感じるんです。そこに自分が関わっていると想像してしまう、まるでその場にいるみたいに。そのせいで、他の人々がお手上げになったときに、俺はできごとの原因を解明するために乗りだすんです」と説明している。

ウィンターがサイコセラピストに語る過去の不思議な物語と、スイート・ヘヴンという閉鎖的な町で起きた残虐な事件、さらに、事件の真相を解き明かすために犯人のトラヴィスと被害者のジェニファーの思考に入り込み、想像力によって事実を補いながら作り上げていくウィンター独自の物語。三つの物語が重なり合い、からみあい、読者は謎の迷宮へとひきずりこまれていく。そして、いつものように最後に驚くべき真相が待っている。

本書は既刊の作品『傷痕のある男』（キース・ピータースン名義）、『秘密の友人』、『アマンダ』、『真夜中の死線』などでクラヴァンがいかんなく発揮してきたサスペンスに、『ベラム館の亡霊』を連想させるホラーの要素も加わり、さらにキース・ピータースン名義で発表した新聞記者ジョン・ウェルズ・シリーズの主人公を彷彿とさせる鬱屈を抱えたキャメロン・ウィンターを主人公にすえた。クラヴァンはこの作品で手持ちのカードをすべて切った、と言えるかもしれない。ただし、飛び抜けて魅力的でユニークな新しい主人公キャメロン・ウィンターのおかげで、より完成度を増した唯一無二の物語世界を紡ぐことに成功したと言えるだろう。未読の方は、どうか今すぐページを開いて、キャメロン・ウィンターと知り合いになっていただきたい。

簡単にストーリーをご紹介しておこう。もうすぐクリスマスという時期、ワシントンDCで英文学の教授をしているウィンターは、ひさしぶりに元教え子のヴィクトリアから連絡をもらう。現在、ヴィクトリアは国選弁護人として、ある事件の被告を担当していたが、どうしても被告のトラヴィス・ブレイクが犯人だとは思えなかった。トラヴィスが自白しているにもかかわらず。

そんなとき「一風変わった思考の習慣」を持つキャメロン・ウィンターの活躍ぶりを知り、彼の力を借りることにしたのだ。こうして陸軍基地の軍人が大勢住む町、スイート・ヘヴンに赴いたウィンターは、かつて教師と学生だったときに禁断の恋に落ちたヴィクトリアの存在に心をかき乱されながら、真相を探るべく聞き込みを始める……。

謝辞を読むと、アンドリュー・クラヴァンはアメリカの有名なミステリ小説編集者オットー・ペンズラーに勧められて、このクリスマス・ミステリを書いたそうだ。もっとも、『傷痕のある男』でもクリスマスが重要なモチーフとして使われているので、クラヴァンにとってクリスマスは特別なイベントなのではないかと思う。というのも、一九九一年に『秘密の友人』がアメリカで出版された直後に、彼とニューヨークで会ったのだが、そのときユダヤ教の家庭で育ったことを話してくれた。しかし、キリスト教徒の妻との結婚後は、キリスト教徒のクリスマスだけを祝っていると語っていた。彼にとってのクリスマスはユダヤ教徒としての出自に思いを馳せると同時に、幸せな結婚生活を改めて噛みしめる喜ばしい機会になっているのかもしれない。

最後に既刊のキャメロン・ウィンター・シリーズを挙げておく。日本でも順次、ウィンターの活躍をお届けできることを祈っている。

キャメロン・ウィンター・シリーズ

『聖夜の嘘』（本書）（二〇二一年）

A Strange Habit of Mind（二〇二三年）

The House of Love and Death（二〇二三年）

A Woman Underground（二〇二四年）

二〇二四年九月

HAYAKAWA POCKET MYSTERY BOOKS No. 2009

羽《は》田《た》詩《し》津《ず》子《こ》
お茶の水女子大学英文科卒
英米文学翻訳家
訳書
『招かれざる客〔小説版〕』『アクロイド殺し』『牧師館の殺人』『予告殺人〔新訳版〕』アガサ・クリスティー
『木曜殺人クラブ』『木曜殺人クラブ　二度死んだ男』『木曜殺人クラブ　逸れた銃弾』リチャード・オスマン
『炎の中の図書館』スーザン・オーリアン
『猫的感覚』ジョン・ブラッドショー
（以上早川書房刊）他多数

この本の型は、縦18.4センチ、横10.6センチのポケット・ブック判です。

〔聖夜《せいや》の嘘《うそ》〕

2024年11月10日印刷　2024年11月15日発行

著者　アンドリュー・クラヴァン
訳者　羽田詩津子
発行者　早川浩
印刷所　星野精版印刷株式会社
表紙印刷　株式会社文化カラー印刷
製本所　株式会社明光社

発行所　株式会社　早川書房
東京都千代田区神田多町2－2
電話　03-3252-3111
振替　00160-3-47799
https://www.hayakawa-online.co.jp

（乱丁・落丁本は小社制作部宛お送り下さい
送料小社負担にてお取りかえいたします）

ISBN978-4-15-002009-5 C0297
Printed and bound in Japan